JN276305

知ってる古文の知らない魅力

鈴木健一

講談社現代新書

1841

目次

はじめに――『徒然草』を手がかりとして　6

第一章　『源氏物語』――女性たちのドラマ　17

舞台設定(一)――宇多・醍醐天皇の聖代／舞台設定(二)――『長恨歌』の世界／桐壺更衣のドラマ／藤壺と紫の上のドラマ／全体を貫くドラマ／女性キャラクター論の先駆け／感動のスイッチ

第二章　『平家物語』――男性たちのドラマ　43

祇園精舎の無常堂／沙羅双樹の枯れる時／定番の感動フレーズ／主人公は清盛／清盛の悪行／政権奪取に必要なもの／物怪の沙汰／あっち死／受け継がれるドラマ――俊寛／男たちのドラマを越えて

コラム　『土佐日記』――性の越境　68

第三章　『枕草子』——自然を切り取る　75
伝統性と非伝統性／伝統性とは／非伝統性とは／清少納言の戦略／「春は、あけぼの」の来し方／どう訳すか／「秋は、夕暮れ」の行方／『犬枕』の世界——共通性と差違性

第四章　『おくのほそ道』——漂泊する人生　101
一ヵ所にとどまらない／漂泊することの意味／江戸時代の旅／自然と触れ合う／人間と出会う／古人の軌跡を確かめる／手放すことで得るもの／滑稽さという視点

コラム　蕪村と一茶　124

第五章　『竹取物語』——伝承を乗り越えて　131
小さ子説話／二つの古代伝承／天人女房説話／結婚難題譚／地名起源説話／伝承から離陸するもの——人間的な感情の獲得／『万葉集』との関わり／『源氏物語』へ

第六章　『伊勢物語』――小さな恋の物語　155
芥川の段の構造／芥川の段の魅力／芥川の段は変奏する(一)――『更級日記』／芥川の段は変奏する(二)――『今昔物語集』／芥川の段は変奏する(三)――『西鶴諸国ばなし』／芥川の段は変奏する(四)――『雨月物語』／魅力の源泉／大国主命の神話との関わり／『地蔵菩薩発心因縁十王経』との関わり／〈型〉の生成と展開

共同性と個性　182

あとがき　187

はじめに――『徒然草』を手がかりとして

誰でも知っている古文から始めたいと思います。兼好の『徒然草』の序文です。

つれづれなるままに、日ぐらし、硯《すずり》にむかひて、心にうつりゆくよしなしごとを、そこはかとなく書きつくれば、あやしうこそものぐるほしけれ。

(これといってすることがないのにまかせて、一日中、硯に向かいながら、心に次々と浮かんでくる、とりとめもないことを、あてもなく書きつけていると、不思議にわけのわからない気分になってくる。)

この一文は、日本人にとってきわめてなじみ深いものと言えるでしょう。『徒然草』は古文の教材としてよく取り上げられますので、冒頭のこの文章を教室で習わなかった人はほとんどいないと思います。そして、兼好があまりにも高名なこの一文を創作したことに疑問を持つことは、あまりありません。

しかし、すべてを兼好個人が考えついたものではないのです。『徒然草』が執筆されたのは、十四世紀前半。その約三百年ほど前、『源氏物語』が執筆されたのと同じ頃に活躍した女流歌人和泉式部の歌集（宸翰本和泉式部集《しんかんぼん》）に次のような表現があります。和歌の前に記される詞書《ことばがき》の全文です。

つれづれなりし折、よしなしごとにおぼえし事、世の中にあらまほしきこと。

（これといってすることがない時に、とりとめもなく思いついたこと、世の中にあってほしいと思うこと〈を詠んで〉。）

何をするということもない所在ない様子を表す「つれづれ」、そしてとりとめもないことという意味の「よしなしごと」という語を含むこの文章は、『徒然草』序文のかなりの

兼好法師（狩野探幽画　神奈川県立金沢文庫蔵）

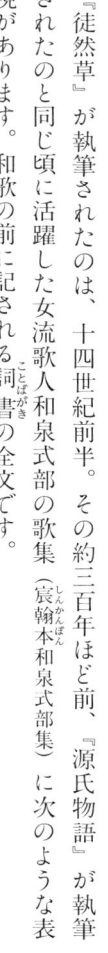

部分と重なり合っています。

同じ和泉式部の歌集（和泉式部正集）には、次のような詞書もあります。

いとつれづれなる夕暮れに、端《はし》に臥《ふ》して、前なる前栽《せんざい》どもを、唯《ただ》に見るよりはとて、物に書きつけたれば、いとあやしうこそ見ゆれ。さばれ人やは見る（後略）。

（これといってすることがない夕暮れ時に、縁側に横になって目の前にあるいろいろな植え込み〈前栽〉を、ただ眺めているよりはましだと思って、歌に詠んで紙に書きつけてみると、たいそう妙だと感じられる。えい、どうとでもなれ、ほかの人が見たりはしないのだから。）

ここでは、「つれづれ」「書きつく」「あやし」が『徒然草』と共通しています。

和泉式部はすぐれた和歌を数多く詠んでおり、歌人でもあった兼好が、その歌集を読まなかったとは思えません。

つまり、一個人の独創であるかに見える名文にも、このように先行する表現があって、すべてが新見というわけではないのです。

現代だったら、これは盗作として問題になるのかもしれません。盗作とまではいかなくても、似ている語句が多いという理由によって、個性に乏しいとされてしまうかもしれません。

しかし、古典文学ではそんなことはないのです。先人の用いたことばを取り込むことで自己表現が豊かになる。そういう考え方が支配的だったからです。三百年という時間の隔たりはあっても、「ことばを共有する」という意識によって和泉式部と『徒然草』は強く結ばれています。このことの意義がどんなに大きいかということを、本書を読み進めながら実感していただきたいと思います。

そして、この「ことばの共有」は二人の歌人の単線的な関係にとどまりません。たとえば、和泉式部の生きた時代より後、平安時代後期に成立した『堤中納言物語』の終盤にも、

つれづれに侍るままに、よしなしごとども書きつくるなり。

とありますし、さらに少し後、『讃岐典侍日記《さぬきのすけ》』にも、

つれづれのままによしなし物語、昔今のこと、語り聞かせ給ひしをり、……

とあります。つまり、平安時代にしばしば用いられた常套的な表現を『徒然草』序文は下敷きにしているのです。繰り返しますがこれはこっそり盗んだとか、そういう話ではないのです。

かつてしばしば用いられ人々になじみ深いことばを表現の中に取り込むことで、自分自身も歴史的な流れとの一体感を味わい、そして読者もすんなりと文章を読み進めていくことができるという、じつに前向きな姿勢なのだと言えるでしょう。

以上のような『徒然草』序文と先行文献との関係については『徒然草』の注釈の歴史のなかでしばしば指摘されてきたことですが、本書を手に取ったほとんどの読者の方々はそれを知らなかったのではないでしょうか（私自身も、少なくとも大学生の時は知らなかったと思います）。

文学作品は、過去の作品表現の集積によって成り立っている。すぐれた作品はその上に新しい価値を付与したものだ。

本書では、まず第一にこのことについて考えてみたいのです。『徒然草』序文の場合、新しい価値とは何でしょうか。それは、「ものぐるほしけれ」という部分だと思います。「ものぐるほしけれ」はさきほど「わけのわからない気分になってくる」などと訳してみましたが、そのようにただならぬ感じを指す形容詞です。ちなみに『旺文社古語辞典［改訂新版］』（一九八八年　松村明・山口明穂・和田利政編）では、

正気を失っているようだ。狂気じみている。なんとなく気が変になりそうだ。

と解説されています。

この場合の「ものぐるほし」が、書かれた文章そのものを言うのか、それとも書いている作者兼好の心理状態を言うのかについては説が分かれているのですが、そこまでの文章では兼好の精神的なありようを主に述べているので、この語も同様であると考えておきたいと思います。「心にうつりゆくよしなしごとを、そこはかとなく書きつ」けていると、それで心の中のもやもやしたものがおさまっていくかと思いきや、そうではなく、ますますなにか異常な感じが高まってしまって、自分ではどうしようもない状況だというのです。

そのように内省的な態度をどこまでも突き詰めていくこと、それが『徒然草』のオリジナリティーでした。

『徒然草』では、日常の出来事や四季折々の自然に触発されて、「人生とは何か」「生きるとは何か」という問いかけが、時に正面切って、時に斜《しゃ》に構えながら発動していきます。それこそ兼好が文学的に達した高みであったと思うのです。そして、人生の意味、人間の存在を思念的に考察しようとする姿勢の深まりという、この作品の本質を象徴的に表しているのが「ものぐるほし」なのです。

「ものぐるほし」ということば自体は『源氏物語』や『枕草子』にも用例があり、決して特殊なことばではありません。しかし、それを敢えてこのような文脈で使おうとすることに、この作者の（あるいは作品の）特色があります。

くどいようですが、ここまでのことをまとめ直しておきましょう。

『徒然草』の序文は、和泉式部をはじめ平安時代にしばしば用いられた常套的な表現を下敷きとしつつ、そこに自己の内省的態度を示す「ものぐるほし」ということばを付加することによって、常套的表現の持つ共同性を基盤に個性を表出しようとしました。共同性を有することで、読者の共感を増幅させ、かつ個性の部分の差異化もはかられます。個性も際立ってくるのです。詳しくは本論で触れたいのですが、共同性と個性が補完的に紡ぎ出されていくことのなかに、古典文学の真髄が見え隠れしていると言ってよいでしょう。

さて、以上に加えて、本書ではもう一点こだわっておきたいことがあります。それは、**すぐれた文学作品が生み出されると、それが新たな規範となって、後代の作品表現の形成に影響を及ぼす。**

ということです。つまり、前に述べた「文学作品は、過去の作品表現の集積によって成り立つ」というのは、ひとつの作品を基点とした場合の過去についての視点なのですが、今挙げたもう一つの視点はその未来に属するものと言ってよいでしょう。両者は、結局のところ「作品表現の積み重ねが連鎖していくことの中に共同性と個性が生み出されていく」という意味では同じことを言っているに過ぎないのですが、論点をより明確にするためにあえて二つのこだわりという形で提示しました。

『徒然草』も、そののち数多くの作品の成立に影響を与えていきました。特に江戸時代には『徒然草』ブームのようなものが根強く存在したことが最近の研究で次々と明らかになっています（島内裕子『徒然草の変貌』ぺりかん社　一九九二年、川平敏文『近世兼好伝集成』平凡社　二〇〇三年など）。

『徒然草』の序文の影響例をひとつだけ挙げておきましょう。

江戸時代の前期、元禄（一六八八～一七〇四年）ごろに活躍し、浮世草子という当時流行の小説を次々と世に送り出した井原西鶴に『西鶴織留《おりどめ》』という作品があります。日本初の金銭をめぐる本格的な小説『日本永代蔵』は高校の教科書などにも収められていて、よく知られていますが、この『西鶴織留』はその続編とも言うべきものです。

西鶴自身が記した序文には、次のように『徒然草』が引用されています。

風はかたちなふして松にひびき、花は色あつて物いはず。まなこにさへぎることは心に浮かび、思ふ事いはねば腹がふくるるといふは昔。やつがれがちいさき腹してつたなき口をあけて、世間のよしなしごとを筆につづけて、是を世の人心と名づけ（下略）

（風には形がないが松に吹けば松風となって響き、花には色があるが物を言わない。目に触れるものはすべて心に浮かび、思うことを言わなければ腹が膨れるということは昔から言われている通りである。自分も前々から腹も小さくて何もよい考えはないのだが、表現するのが下手な口を開けて、〈兼好が〉「心にうつりゆくよしなしごとを、そこはかとなく書きつ」けたのにならって筆を執り、この書物を「世の人心」と名づけ〈下略〉）

西鶴は自身の作品の序文を記すに当たって、『徒然草』の有していた権威を持ち出すことで、作品の価値を高めようとしたのでしょう。権威付けというような大仰なことを言わなくてもいいのかもしれません。誰もが知っている『徒然草』の序文を自分の文章に切り貼りすることで、人々がスムーズにその作品に入っていきやすく工夫したという方が適切かもしれません。

わたしたちは、日常生活の会話などでも、流行語や有名な台詞《せりふ》など話題性のあるフレーズや、話し相手との間では周知の出来事を象徴するような特化した文言を、別の話題に織り込むことがあります。そのことによって、話題の前提を即座に共有できたり、話題の文脈と織り込まれるフレーズとの組み合わせによって絶妙なニュアンスを端的に伝えられたりもするでしょう。すでに周知であることばがもつ意味や感覚を動員して、自分の今しているる話をわかりやすく面白く印象深くしているわけです。先に掲げた古文の例では、これと同じ類《たぐい》のはたらきが、大きな時間のスケールで、時間の洗練を経て表れていると考えてよいでしょう。

ここでは三百五十年近く時を隔てているにもかかわらず、『徒然草』と『西鶴織留』が表現を共有し合うことで響き合っています。さきほどの『和泉式部集』と『徒然草』の関係がここでも確認できるわけです。

こうも言い換えられます。

『徒然草』という作品を基点として見た場合、過去からは和泉式部の表現をはじめとする平安文学の常套的表現を取り込み、未来へ向けては『西鶴織留』へと影響を与えている、というふうに。

本書では「いづれの御時にか、女御、更衣あまたさぶらひたまひける中に」「祇園精舎の鐘の声、諸行無常の響あり」などといった、読者の方々がよくご存知の有名作品の冒頭を主に挙げて、以上述べたことを論証していきます。

そのように、ひとつの表現が作品から作品へと旅をしていく魅力、いわば表現の連鎖の面白さを、本書ではぜひじっくりと味わって下さい。

第一章　『源氏物語』

――女性たちのドラマ

紫式部（土佐光起画　石山寺蔵）

『源氏物語』は、平安時代の中頃、紫式部によって著されました。世界的にも名高い、五十四巻にも及ぶ長編物語です。長保三（一〇〇一）年から寛弘二（一〇〇五）年の間に執筆が開始されたとされていますが、成立年次は正確にはわかっていません。

前半は光源氏、後半（宇治十帖）は薫を主人公として、数多くの愛と苦悩を描きます。

光源氏は、桐壺帝の第二皇子として生まれますが、母の身分が低かったことから皇太子にはならず、皇籍を離れて「源」という姓を賜り、上級貴族として生きることになります。

母・桐壺更衣の死、母に酷似する藤壺

（父帝の后）との密会、正妻格・紫の上との日々、夕顔との逢瀬《おうせ》、正妻・葵の上が六条御《み》息所《やすどころ》に取り殺される事件、須磨への退居、明石の君との出会い、柏木と女三の宮の密通、不義の子薫の誕生、そして宇治十帖における薫や匂宮と大君《おおいぎみ》・中君《なかのきみ》・浮舟の三姉妹との恋愛など、この作品の重要な見所を挙げれば切りがありません。登場する多くの個性的な女性たちのドラマが、その人気を支えています。

物語世界の基本的な設定は、冒頭にすでにはっきりと示されています。

それほど高い家柄の生まれではない桐壺更衣は、しかし桐壺帝の寵愛《ちょうあい》を一身に受けて、そのため周囲から少しずつ孤立していってしまいます。更衣が頼みにするのは、ただひたすら帝の愛情のみ。まわりの人々は、帝の異常なまでの執着ぶりに、よからぬことが起きはしないかと、はらはらしています。そんな深刻な状況の中、物語の幕は切って落とされるのです。

まず本文を挙げます。

いづれの御時《おほむとき》にか、女御《にょうご》、更衣《かうい》あまたさぶらひたまひける中に、いとやむごとなき際《きは》にはあらぬが、すぐれて時めきたまふありけり。はじめより我はと思ひ上がりたまへる御方々、めざましきものにおとしめ嫉《そね》みたまふ。同じほど、それより下臈《げらふ》の更衣たちは、ましてやすからず。朝夕の宮仕へにつけても、人の心をのみ動かし、恨みを負ふ積もりにやありけん、いとあつしくなりゆき、もの心細げに里がちなるを、いよいよあかずあはれなるものに思ほして、人のそしりをもえ憚《はばか》らせたまはず、世の例《ためし》にもなりぬべき御もてなしなり。上達部《かむだちめ》、上人《うへびと》なども、あいなく目を側《そば》めつつ、いとまばゆき人の御おぼえなり。唐土《もろこし》にも、かかる事の起こりにこそ、世も乱れあしかりけれと、やうやう、天《あめ》の下にも、あぢきなう人のもてなやみぐさになりて、楊貴妃《やうきひ》の例も引き出でつべくなりゆくに、いとはしたなきこと多かれど、かたじけなき御心《みこころ》ばへのたぐひなきを頼みにてまじらひたまふ。

だいたいの意味は以下の通りです。

（どの帝の御代であったたか、女御や更衣たちが大勢お仕えしておられた中に、たいして高い家柄の生まれではない方で、目立って帝の寵愛をうけていらっしゃる方があった。宮仕えを始める時から、私こそはと自負しておられた方々は、〈この方を〉目に余る者とさげすんだり憎んだりなさる。同じ身分、あるいはそれより低い身分の更衣たちは、なおさら心が穏やかではない。朝夕の宮仕えにつけても、皆に気をもませてばかりいて、恨みを受けることが積もり積もったからだろうか、たいそう病《やまい》がちになっていき、どことなく頼りなげで里下がりが続くので、〈帝は〉ますますたまらなくいとしいとお思いになられて、誰の批判も気になさる余裕もなく、世間の語り草にもなってしまいそうなさりようである。上達部、殿上人までも、困ったことだと憎んで目をそらせて、とても見るにたえないほどのご寵愛ぶりである。唐土でも、このようなことが原因となって、世の中が乱れ、ひどいことになったのだと、しだいに世の中でも、おもしろくないことと、人々の苦労の種になって、楊貴妃の例までも引き合いに出されそうになっていくので、〈更衣は〉まことにいたたまれない思いをすることが多いけれども、恐れ多い〈帝の〉ご愛情の類稀《たぐいまれ》であることを頼りにして宮仕えをしていらっしゃる。)

舞台設定(一)——宇多・醍醐天皇の聖代

冒頭部分で、まず押さえておきたいのは、舞台設定に関わる二つの事柄です。

一つ目は、「いづれの御時にか」という書き出しです。

『源氏物語』以前、多くの場合、物語の書き出しは「今は昔」でした。「今は昔」というと、「今」とは直接関わりのない「昔」というニュアンスがこめられていて、読者は自身の生きている世界とは無関係なものとして物語を受けとめようとすることになります。

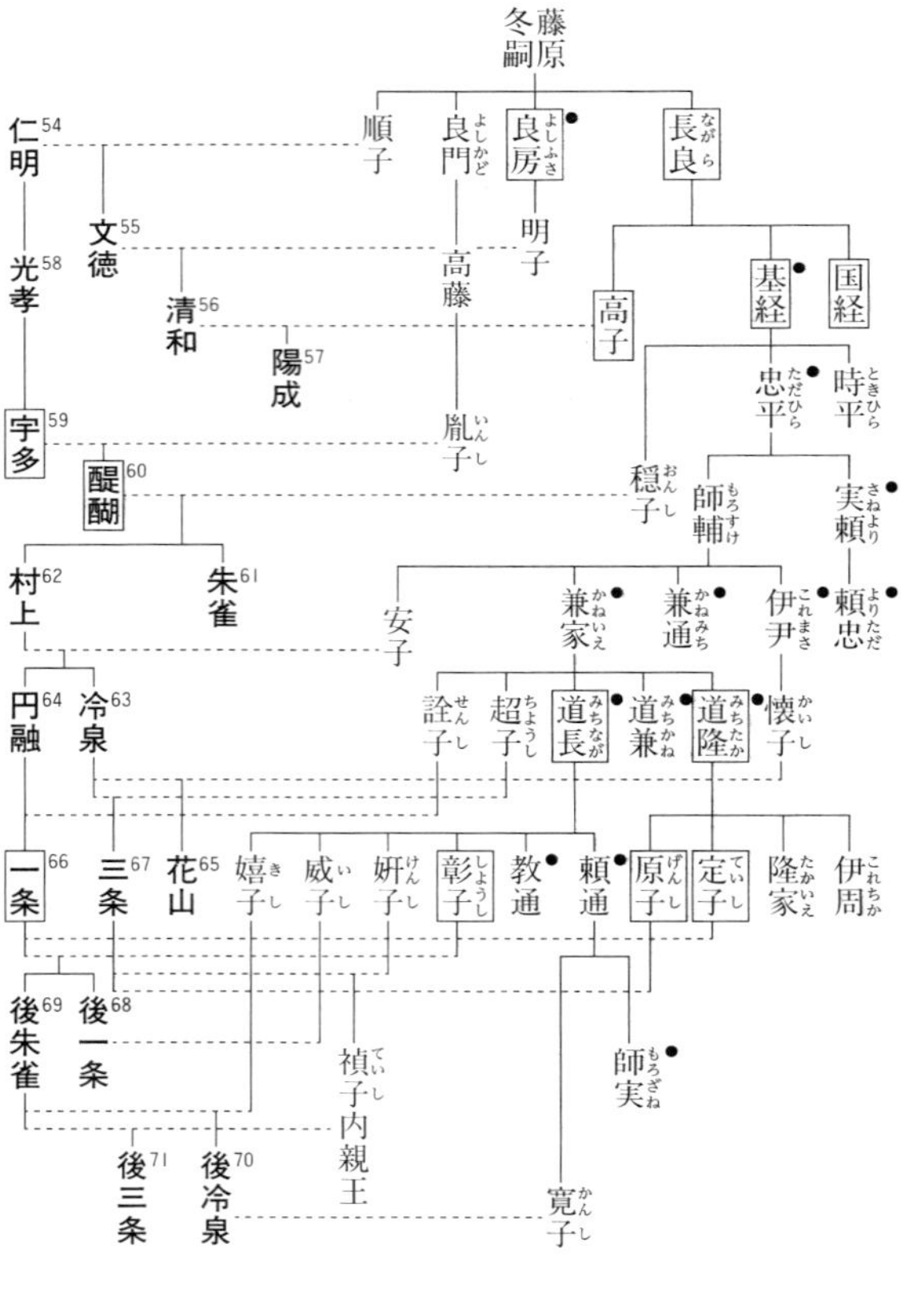

藤原氏の摂関政治を支えた外戚関係。太字は天皇、数字は皇統譜による皇位継承順、囲みは本書に登場する人物。名前の右肩の●印は摂政・関白になった者。山川出版社『詳説日本史』「皇室と藤原氏の関係系図（二）」を一部改変。

しかし、「いづれの御時にか」とあると、どうでしょう。ぼかしてはあるものの、近い時代のどこかというニュアンスが汲み取れて、舞台となっている時代を身近なものとして感じられるでしょう。

実際、「いづれの御時」がどの天皇の時代を表すのか、ということが、鎌倉時代以降の『源氏物語』の注釈書ではしばしば問題にされてきました。それはほとんどの場合、『源氏物語』より遡《さかのぼ》ることおよそ百年、醍醐天皇の時代に比定されています。醍醐天皇は、後の村上天皇とともに「聖代」として称えられた、いわゆる「延喜・天暦の治」を行った天皇です。

また、醍醐天皇の父宇多天皇の代のことも意味するという学説もあります。日向一雅《ひなたかずまさ》『源氏物語の世界』（岩波新書　二〇〇四年）は、「桐壺帝が宇多天皇の作らせた『長恨歌』（後述）絵巻に親しんでいること、また宇多天皇が譲位に際して醍醐天皇に与えた『寛平御遺誡《かんぴょうごゆいかい》』に従って行動していること」によって、「あたかも桐壺帝は宇多天皇の子であるかのように設定されて」おり、桐壺帝は醍醐天皇に比定されるという、諸注釈の説をも認めた上で、宇多天皇の性格も桐壺帝には投影されているという説を主張しています。宇多天皇は男踏歌《おとことうか》（舞人たちが足を踏みならして歌い舞う年中行事）を再興し、仁明天皇の時代を継承するなど、これまでとは異なった「新しい政治を目指す天皇」であって、桐壺帝にもそのような志向性が見られるというのです。これに私も従いたいと思います。

もちろん、歴史的事実を踏まえているからといっても、『源氏物語』は歴史書ではないのですから、そこには自ずと架空の物語としての自律性が保たれているわけで、そういう点にも留意しておく必要があります。

仲むつまじく寄り添う玄宗皇帝と楊貴妃。（桃山時代の長恨歌図屏風　部分）

舞台設定（二）――『長恨歌』の世界

もう一つは、「楊貴妃の例」という点に示されています。

これは、中国・唐の詩人、白楽天（白居易）が詠んだ「長恨歌《ちょうごんか》」という、長大な漢詩のことを指しています。「長恨歌」は、玄宗皇帝が楊貴妃との愛に溺《おぼ》れるあまり、政治をおろそかにして、結果として安禄山の乱が起きてしまい、楊貴妃は殺されてしまうというストーリー。それが、桐壺更衣ばかりを溺愛し、他のことはおかまいなしになっている桐壺帝にとって、悪い先例になってしまうのではないかと、人々は恐れ危ぶんでいるのです。

「長恨歌」の中にある有名な詩句としては、

七月七日長生殿
夜半無人私語時
在天願作比翼鳥
在地願為連理枝

七月七日　長生殿《ちやうせいでん》
夜半　人無く　私語の時
天に在りては　願はくは比翼《ひよく》の鳥と作《な》り
地に在りては　願はくは連理《れんり》の枝と為《な》らん

（七月七日に長生殿で、夜が更けてあたりの人を避けて内緒話をした時の誓いのことばとして、天上にいる時は比翼の鳥〈翼が一つずつで、一対となって飛ぶ雌雄二羽の鳥〉になりましょう、地上にいる時には連理の枝〈枝がつながっている二本の木〉となりましょうと。）

など、たくさんあります。

ここでは、中西進『源氏物語と白楽天』（岩波書店　一九九七年）の言が参考になります。

およそ意図的に引用された作品は、読者がすべてを知っているのが建前である。今の場合でいえば楊貴妃の例、また「長恨歌」を読者が知っているのでなければ、引用の効果がない。

すると『源氏物語』を読みはじめた読者は未知なる未来へ向かって物語を読みすすめながら、引用を通して既知なる女の運命を主人公の上に重ねることとなる。半ば既知なるものの中での読者の想像を期待しながら、作者は新たな人物像とその人生の軌跡とを、描いてゆくのである。

繰り返しになりますが、「楊貴妃の例」ということばを用いて「長恨歌」の世界が意識されることで、一人の女性への愛に惑溺した帝の悲劇的な運命が重ね合わされていくのです。

以上、舞台設定についてまとめておくと、読者は、百年前の日本の聖代と、中国の宮廷世界の二つを念頭に置き、ある時はそれと二重写しにして楽しんだり、またある時はそれとは異なった意外な展開に驚いたりしつつ、この物語を読み進めていくことになります。

桐壺更衣のドラマ

冒頭部分の読みどころはなんといっても、「いとやむごとなき際にはあらぬが、すぐれて時めきたまふありけり」というところでしょう。

ふつうなら、「やむごとなき際（高い家柄の生まれ）」の女性が後宮では手厚く扱われ、優先的に帝の子を宿して、それが次の帝となります。

「やむごとなき際」の女性は単独で存在しているわけではなく、その背後には父や兄弟といった男性の存在があります。彼らは彼女を全面的に支援します。なぜなら、彼女が帝の寵愛を得ることは、それによって生まれる子が帝になり彼らも天皇の外戚になれる可能性が高くなるという具合に、彼らの政治権力の掌握に直結するからです。

にもかかわらず、『源氏物語』では、「いとやむごとなき際にはあらぬ」更衣（女御より身分的に劣る）が、「すぐれて時め」いて帝の愛を独占してしまう。そこに、この物語の特異性があります。

私たちは現代の目で、大きな後宮の主である帝なのだから、思いのままにどの女性を愛そうとも自由なのではないかと思い、あるいは、恋は障壁があるからこそ物語が盛り上がるのだからと、小説の中でこのような設定をすることをあたりまえのように捉《とら》えてしまいます。けれども、本来、「いとやむごとなき際にはあらぬ」と「すぐれて時めき」は両立しないのです。だから、この一文は当時の読者にとって、大変に衝撃的であったろうと思われます。

結局、桐壺更衣は、光源氏が三歳の時、心労から来る病で没してしまいます。これも、更衣が病弱なはかない女性であったからというばかりでなく、宮中での彼女のありかたは尋常ではなく、死に至るほどの心労があったからということなのです。

その異常な事態にまず気づくのは、後宮の女性たち。そして、上達部から上人へと噂は伝わっていきます。「上達部」は三位以上、及び四位の参議で、高官と言えます。それに対して「上人」は、殿上人とも言い、四位、五位で昇殿を許された人と六位の蔵人。上達部の方が上人より身分が高く、帝により近侍しています。つまり、後宮の女性↓上達部↓上人という伝播《でんぱ》経路は、帝の私的な空間から外へと徐々に噂が広がっていく過程を意味しているのです。

ここまで何度も「身分」ということに言及してきました。これは、今の私たちが感じている以上に、当時の宮中の人々にとっては大きい意味を持つことでした。『源氏物語』でも、登場人物の女性たちは自分の身分ということを常に念頭に置きながら、どのように行動すべきかを考えています。

増田繁夫「桐壺帝の後宮——桐壺巻——」（『光る君の物語　源氏物語講座3』勉誠社　一九九

二年）は、桐壺更衣について、彼女を被害者としてのみ読むのは適切ではないと主張しています。「当時においては、宮仕して中宮に立つ、というのが高貴な女性たちにとって唯一めざすべき道だったのであ」り、桐壺更衣もまた身分上昇志向を持っていたとしています。

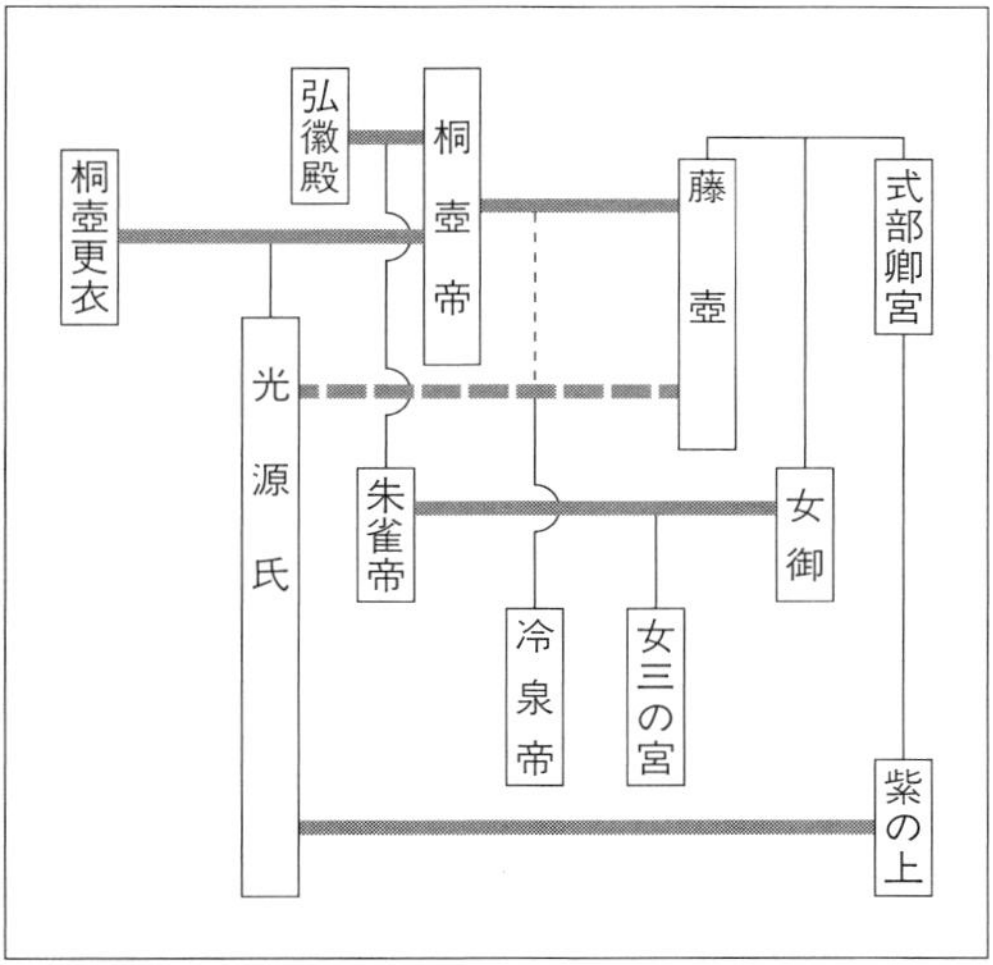

「身分」ということが、人の存在意義そのものを強く規定する。今とは異なった、そのような視点もこの物語の読みどころと言えるでしょう。

藤壺と紫の上のドラマ

桐壺更衣が苦悩ののち死んだことで、『源氏物語』というドラマは動き出します。母桐壺更衣の面影を追って、息子の光源氏は母によく似た女性たち——藤壺や紫の上ら「紫のゆかり」とされる人々——に惹《ひ》かれていきます。藤壺・紫の上の二人にもまた、「身分」という影が色濃く関わっています。

藤壺は父の后であるにもかかわらず、光源氏と藤壺は関係を持ち、二人の間に子どもが生まれてしまいます。その子は桐壺帝の皇子として育てられ、のちに冷泉《れいぜい》帝となり、光源氏に栄光と苦悩とを同時にもたらすことになるのです。藤壺の側にも、光源氏に惹かれる心と后という身分意識によって自制する心の間に葛藤があって、そのような精神の陰影が物語世界に深みを与えています。

たとえば、光源氏が宮中で青海波《せいがいは》（雅楽の舞曲の一つ）を舞った翌日、光源氏から遣わされた歌への藤壺の返歌とそれに添えた一言は次のようなものでした。

から人の袖ふることは遠けれど立ちゐにつけてあはれとは見き
おほかたには。

（唐の人が袖を振って舞ったのは遠い昔のことですが、昨日のあなたの舞には大変感動致しました。

その程度の並一通りのこととして理解致しました。）

和歌の方ではすばらしい舞を舞った光源氏への感動が押さえがたく「あはれ」と述べてしまい、逆に「おほかたには」の方では溢《あふ》れ出ようとする感情を押しとどめ、后としてふるまおうとし、すばらしいと言っても並一通りのことですがと付け加えているわけです。和歌と「おほかたには」ということばの間には、一人の女としての愛情と后という身分という両極を往き来する藤壺の葛藤がよく表現されています（鈴木宏子「葛藤する歌」『源氏研究』翰林書房　二〇〇四年四月）。

また、幼い頃から光源氏によって育てられて来た紫の上は、やがて理想的な女性として成長するものの、二人の間には子が生まれません。正妻として現れる女三の宮の存在によって、紫の上は病に倒れ、心労の末に亡くなってしまいます。紫の上は長く連れ添った正妻格の妻ではありますが、女三の宮は、朱雀院（桐壺帝の第一皇子で、桐壺帝の次の帝となったがこの時には冷泉帝に位を譲っていた）の娘、身分としては紫の上よりも高く、女三の宮が降嫁ということになれば正妻は彼女になります。ここでも身分ということが紫の上に重くのしかかることになります。

そこで、紫の上が自らに厳しく課したのは、「人笑へ（世間の笑い物になること）」を回避しようとすることでした。

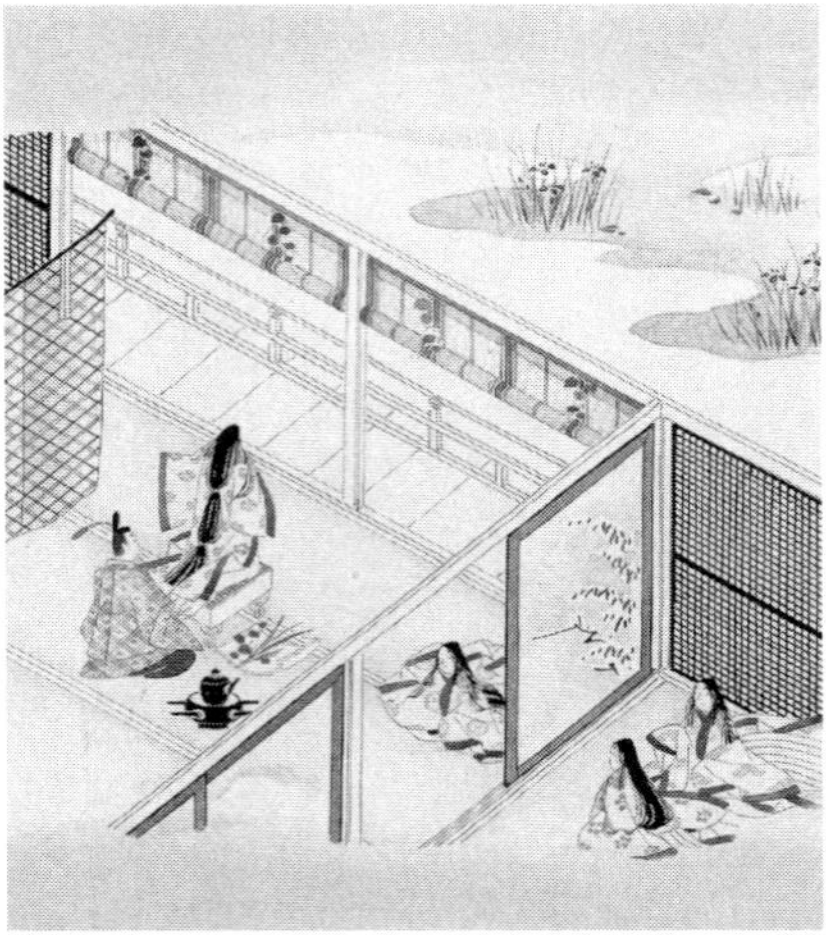

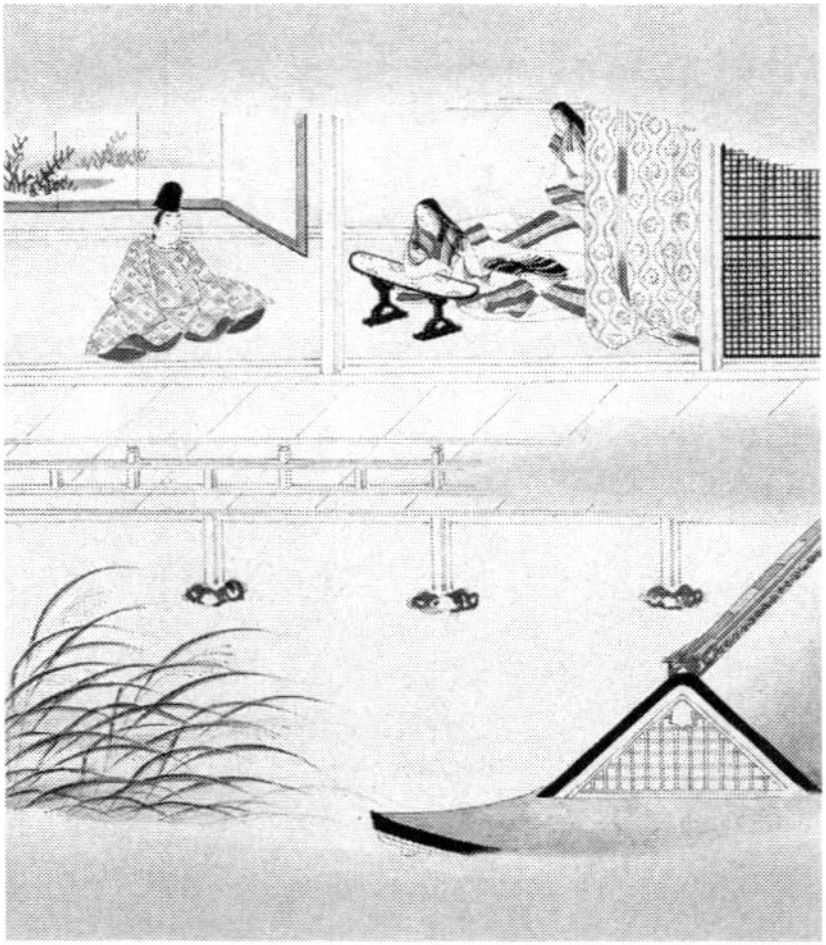

上／光源氏は、紫の上を大切に育てる。葵巻には、手ずから紫の上の髪を削いで整える場面がある。下／紫の上の病が篤くなる。御法巻では、小康状態の紫の上を明石中宮（右）や光源氏が見舞うが、紫の上は明け方近くに世を去る。この二点及び36ページの図　源氏物語画帖（石山寺蔵／『石山寺蔵四百画面　源氏物語画帖』鷲尾遍隆監修　中野幸一編　勉誠出版刊より）

今はさりともとのみわが身を思ひあがり、うらなくて過ぐしける世の、人笑へならむことを下には思ひつづけたまへど、いとおいらかにのみもてなしたまへり。

（今となってはどうあっても大丈夫、と現在の境遇を気位高く維持し、それまで何の不安もなく過ごしてきたけれど、その二人の関係が世の物笑いになるのかと、心中では思い続けていらっしゃるけれども、たいそうおっとりとばかりおふるまいになっていらっしゃる。）

ここで、紫の上は、苦しい心の内とは別の次元で、平静を繕おうとする処世の態度を身に付けていこうとしています（鈴木日出男『源氏物語の文章表現』至文堂　一九九七年）。『源氏物語』には他にも多くの女性たちが登場します。葵の上、六条御息所、夕顔、明石の君、明石の中宮、朝顔、玉鬘《たまかずら》、女三の宮、そして、宇治十帖の三姉妹……。エンターテイメントの視点からすると、この作品は光源氏を取り巻く女性たちの個々のドラマが集積してできたものとも捉えられます。その場合、光源氏は単なる狂言回しに過ぎないと言えるでしょう。

全体を貫くドラマ

もちろん、光源氏その人の愛と苦悩に焦点が当てられた物語と解することもできます。藤壺や紫の上の他にも多くの女性と恋をする光源氏の行動原理の根っこには、自分が幼い時に母が亡くなったという生い立ちがあります。母に甘えたかった少年は、欠落した母の代償として、多くの女性との恋へと自らを駆り立てていくことになります。しかし、結局彼は人生の終わりまで、孤独をかみしめていくことにもなるのです（阿部秋生《あきお》「六条院の述懐」『光源氏論』東京大学出版会　一九八九年）。

人間というのは、どうあっても孤独から逃れられることはない。私は、そのことこそが、この作品を根底から支える世界観だと思います。

そして、女であれ男であれ、個々の登場人物一人についてのみ注目して物語を読み解くことの限界についても言及しておきます。そもそも物語がつむぎ出す世界のありかた自体、人間と人間との相互関係や、さらにそれを包み込む時間と空間によって支配されていて、そこでは個人のレベルを越えた、もっと大きい力のようなものによって世界が形作られています。そういった世界そのもの、いわば全体としてのドラマを摑《つか》み取ってこそ物語世界を真に把握し得たと言えるでしょう。

たとえば、前の項で『源氏物語』の中心人物である二人の女性のドラマについて述べましたが、そもそも光源氏が藤壺に激しい思慕の気持ちを抱くのは母桐壺更衣に似ていたから、またほんの少女であった紫の上を手許に置きたいと思った決め手は藤壺の姪《めい》で藤壺に似ていたからでした。二人の女性への思いは、光源氏の心の奥底ではつながっているのです。紫の上が光源氏によって見出されることと、藤壺と光源氏が密通することは、同じ若紫巻に描かれていて、そのことが『源氏物語』の「長編としての始発」を支えているのです（高田祐彦《ひろひこ》『源氏物語の文学史』東京大学出版会　二〇〇三年）。

そして、女三の宮にまつわるドラマも、物語全体の構図を念頭に読む必要があるでしょう。女三の宮もまた、藤壺の姪だったのです。このことが降嫁にあたって光源氏の気持ちに影響しないとは考えにくいでしょう。また、女三の宮との身分の差が紫の上を苦しめたことを先に述べましたが、女三の宮は同じ藤壺の姪であって、その上もっと若く身分も高いことを読者は知っているのですから、紫の上の苦しみに感情移入するにあたり、このことを思わずにはいられないでしょう（紫の上は藤壺の兄・式部卿宮の庶子。女三の宮は朱雀帝と藤壺の妹の女御との内親王なので、同じ姪といっても身分は大分違います）。

また宇治十帖については、神田龍身《たつみ》氏が、ルネ・ジラールの「欲望の三角形」という理論を援用して、薫と匂宮という二人の男性が互いの欲望を模倣し合うことによって、大君・中君・浮舟という宇治三姉妹への恋愛関係が次々と連鎖していくことを指摘していま

橋姫巻で、薫は宇治の大君・中君を垣間見る。琵琶をかかえているのが中君。琴を弾いているのが大君。

す（『源氏物語――性の迷宮へ』講談社選書メチエ　二〇〇一年）。薫の女性への欲望に引きずられるようにして匂宮もその女性に恋をし、薫も匂宮の恋情に刺激を受けて同じ女性を求めていくという構造があるのです。ここには男と女の単線的な関係ではなく、男と男と女という複線的な関係が存在しています。

　個々人の物語は、他者の物語と必ず連関しています。当然といえば当然のことをここでもう一度確認しておきます。

女性キャラクター論の先駆け

　物語全体から見た時のドラマの重要性について、前の項では述べてきました。しかし、個々の女性のドラマ、あるいはそこから見出される個々の女性のキャラクターの豊かさという側面の方が、大衆的な人気を支えている原因としては、今も昔も大きいのかもしれません。現代でも、お気に入りの登場人物を一人選んで卒論のテーマとする大学生はしばしば見受けられますし、源氏物語占いといった、登場する女性のキャラクターになぞらえて数タイプに性格を分けるような企画において、「私は誰々」などと言って楽しんでいる人はたくさんいるでしょう。このような楽しみ方も、物語の成立以来、さまざまなかたちで繰り返されてきました。

そして、彼女たち一人一人の個性は読者に印象付けられ、繰り返し語られることでイメージが定着していくのです。

ここでは、そのような女性たちのイメージが後代においてどのように用いられたのかを、もう少し見ていきましょう。

まずは、女性キャラクター論の先駆けとも言うべき『無名草子《むみょうぞうし》』です。

『無名草子』は鎌倉時代の物語評論で、その大半は『源氏物語』に費やされています。藤原俊成女《しゅんぜいのむすめ》が著したという説が有力で、おそらく成立は正治二（一二〇〇）年前後、『源氏物語』成立から約二百年後になります。

そこでは、たとえば「めでたき女」として、次のような人々が挙げられています。

桐壺の更衣。藤壺の宮。
葵の上の我から心用ゐ。
紫の上、さらなり。
明石も、心にくくいみじ。

「葵の上」は光源氏の最初の妻で、夕霧を生んだ後、六条御息所の生霊《いきりょう》に取り殺されます。「我から心用ゐ」とは、自分自身を反省して気遣うこと。「明石」は、光源氏が須磨で出会った女性で、後に明石の中宮となる女児を産みます。「心にくくいみじ」とは、奥ゆかしくすぐれていること。「紫の上、さらなり」の「さらなり」とは言うまでもないということです。

その紫の上については、

いとほしき人、紫の上。
限りなくかたびかしくいとほしく、あたりの人の心ばへぞいと憎き。父宮をはじめ、おほぢの僧にいたるまで、思はしからぬ人々なり。継母《ままはは》などの心ばへ、さるべき仲なれど、さばかりになりぬる人のために、いとさしもやはあるべき。

(いとしい人は、紫の上。

この上なくひいきしたくなるほどかわいそうで、まわりの人々の気持ちまでもたいそう憎らしい。父宮をはじめ、老翁の僧に至るまで、気に食わない人々である。継母などの心の働きとして継子にはつめたいのは当然だが、光源氏の妻にまでなった人に対して、どうしてそのようにふるまってよいものだろうか。)


とも述べられ、絶賛されています。一方、紫の上を重く扱わない登場人物に対しては、ほとんどやつあたりと言ってよい評価です。身分を意識し、子のないつらさに耐え、光源氏に思いを尽くす健気《けなげ》な紫の上は、今日でも女性キャラクターのなかで一二を争う人気でしょうが、鎌倉時代でもそれは同様でした。

感動のスイッチ

続いて江戸時代について考えてみます。ここでは、夕顔と末摘花のイメージの受容について例を挙げてみます。

まず夕顔です。彼女は若い頃の光源氏のアバンチュールの相手として登場します。所用で五条大路にやってきた光源氏がたまたま訪問先の隣家に咲いていた夕顔に目をとめ、花を所望すると、その花をお載せ下さいと、夕顔の蔓《つる》が這《は》いかかっている粗末な家から和歌の記された扇が差し出されます。それが、二人の出会いでした。やがて、五条大路の家で逢瀬がありますが、彼女は身元を明かしません。五条の家も仮宿でした。彼女を連れだして某の院に泊まった夜、物《もの》の怪《け》に襲われて夕顔は急死してしまいます。

江戸時代の有名な怪談集に浅井了意著『伽婢子《おとぎぼうこ》』（寛文六〈一六六六〉年刊）があり、そのなかの「牡丹灯籠」という作品はとりわけ有名です。そこでは、妻を亡くした荻原新之丞という男が悲しみにくれていたところ、弥子《いやこ》という女性と出会い、彼女との愛欲に溺れてしまいます。しかし、弥子はこの世の者ではなく、結局新之丞は彼女によって命を奪われます。

夕顔も弥子も謎めいた女性で、怪異的な要素が含まれているという点が共通しています。

ところで、この「牡丹灯籠」はそもそも中国小説の翻案なのですが、日本人に親しみやすいよう『伽婢子』においては日本に舞台を移し変えられ、しかも五条に設定されているのです。五条大路といえば、読者の多くは『源氏物語』の夕顔のイメージを想像するはずです。ですから、「牡丹灯籠」がそれと同じ場所の出来事だということが冒頭に記されることによって、〈謎めいた女性と邂逅し、怪異を伴った悲劇的な結末が待っているドラマ〉へと向かう期待が生まれ、感情移入がいっそうスムーズになるわけです。

次に末摘花です。蓬生《よもぎう》巻において、須磨に退居していた光源氏が都に戻ってきたあと、ひたすら彼を待ち続けていた末摘花に再会し、その健気さに打たれて、二条東院に彼女を引き取ります。

一方、上田秋成の有名な『雨月物語』（明和五〈一七六八〉年成）巻之二－一「浅茅が宿」では、都に上った夫勝四郎の帰郷が遅れたため、妻宮木《みやぎ》が市川真間《まま》で待ち暮らしているうちに死んでしまい、亡霊として夫を迎えるのです。

ここでは、遠く去った男が女を大切に思わない薄情さ、荒れ果てた住まいで苦労しつつ待つ女の哀切が共通していますし、ことばもいくつか、たとえば『源氏物語』蓬生巻の「浅茅が原」と『雨月物語』の「浅茅が宿」などが共通しています。秋成は『源氏物語』を意識的に摂取しているのです。

江戸時代の怪談は、さきほどの『伽婢子』もそうですが、中国小説に基づいているものが多く、この『雨月物語』「浅茅が宿」もその例に洩れずやはり中国ネタが根本にあります。しかし、そこに『源氏物語』の末摘花がもたらす〈待つ女〉のイメージを持ってきて重ね合わせることで、日本的な抒情を付与し、日本人に受け入れられやすいよう工夫しているわけです。

『源氏物語』は、読者が感動するためのスイッチになっているのです。『源氏物語』に基づいた作品を読者が読んで、「あっ、これは源氏世界がベースになっているな」とわかった時、それは源氏的な感動のスイッチがオンになったということなのです。『源氏物語』のもたらすものと『源氏物語』に基づいた作品がもたらすもので、感動は二倍、もしくは増幅されて数倍になるのではないでしょうか。

第二章　『平家物語』

——男性たちのドラマ

『平家物語』は鎌倉時代初期の十三世紀前半に成立した軍記物語で、全十二巻及び灌頂《かんじょう》の巻から成っています。琵琶の演奏に合わせて「平曲《へいきょく》」として語られてきた経緯があり、日本の古典文学としては、『源氏物語』と並んで、長編の物語として名高いものです。

物語の前半、巻六までは、平清盛を中心とした平家の興隆と反平家の動向が描かれます。巻六から八までは、各地で蜂起した源氏方によって平家一門が都を追われるまで。主に木曽義仲をめぐる物語です。巻九から十二までは源義経らの攻撃によって平家が滅亡の道をたどる様子が描かれます。

名場面は数多く、宇治川において佐々木高綱と梶原景季《かげすえ》が先陣争いをする「宇治川先陣」(巻九)、今井四郎兼平と別れたあと、田に馬を乗り入れて木曽義仲が討ち死にする「木曽最期」(巻九)、那須与一が扇の的を見事に打ち抜く「那須与一」(巻十一)など、教科書でもおなじみです。

平清盛の他にも、忠度《ただのり》、重盛、宗盛、知盛、重衡《しげひら》、木曽義仲、源義経・範頼ら男性の登場人物が魅力的です。所々に祇王《ぎおう》・祇女《ぎにょ》・仏御前《ほとけごぜん》、小督《こごう》、巴御前、建礼門院など女性のエピソードも置かれ、バランスにも配慮されています。また、目立たないけれど、後白河法皇・源頼朝らの黒幕的な動きも、なかなか興味深いものです。

なかでも、もっとも重要な登場人物、すなわち主人公は誰なのか。それは、すでに冒頭に記されているのです。

祇園精舎《ぎをんしやうじや》の鐘の声、諸行無常の響あり。沙羅双樹《しやらさうじゆ》の花の色、盛者必衰《じやうしやひつすい》の理《ことわり》をあらはす。奢《おご》れる人も久しからず。ただ春の夜の夢の如し。猛《たけ》き者も遂には亡びぬ。偏《ひとへ》に風の前の塵におなじ。

遠く異朝をとぶらへば、秦の趙高《てうかう》、漢の王莽《わうまう》、梁の朱异《しゆい》、唐の禄山《ろくさん》、これらはみな旧主先皇の政《まつりごと》にもしたがはず、楽しみを極め、諫《いさ》めをも思ひ入れず、天下の乱れむ事を悟らずして、民間のうれふる所を知らざりしかば、久しからずして亡《ばう》じにし者共なり。近く本朝をうかがふに、承平の将門《まさかど》、天慶の純友《すみとも》、康和の義親《ぎしん》、平治の信頼《のぶより》、此等は奢れる心も猛きことも、皆とりどりにこそありしかども、まぢかくは六波羅の入道前《さきの》太政大臣平朝臣清盛公と申しし人の有様、伝へ承るこそ心も言葉も及ばれね。

だいたいの意味も掲げておきます。

（祇園精舎の無常堂に鳴り響く鐘の音は「すべての行いははかなく無常である」と知らせる響きがする。釈迦が入滅した時、白色に変わったという沙羅双樹の花の色は、勢い盛んな者もいつか必ず衰えるという道理を示している。奢り高ぶって栄華を極めている人も、その状態が末永く続くわけではない。ただ、春の夜の夢と同じく、はかないものなのである。武勇を誇る者もついには滅んでしまうもので、風の前の塵と同じである。遠く外国に例を求めてみると、秦の趙高、漢の王莽、梁の朱异、唐の禄山、これらは、皆もとの主君や先の皇帝の政治にも従順でなく、歓楽を尽くし、臣下の諫言《かんげん》も深く考えようとせず、天下の乱れることも悟らないで、庶民の憂いも察知しなかったので、長続きすることなく滅亡してしまった者たちである。

また近く日本の例を探してみると、承平の平将門、天慶の藤原純友、康和の源義親、平治の藤原信頼、これらの人々は、その奢り高ぶった心も猛々しい振舞いも、皆それぞれにはなはだしかったけれども、ごく近い例としては、六波羅の入道前太政大臣平朝臣清盛公と申される方のありさまは、伝え聞いてみると、実に想像以上で、言葉で言い表せないほどである。)

祇園精舎の無常堂

まず「祇園精舎の鐘の声、諸行無常の響あり」という、きわめて有名な一文にこだわってみたいと思います。

そもそも「祇園精舎」とは何なのでしょうか。それは、「祇樹給孤独園《ぎじゅぎっこどくおん》の須達長者の精舎」を略したものなのです。かつてインド・コーサラ国の都シラーヴァスティー（舎衛《しゃえ》城《じょう》）には、ジェータ（祇陀《ぎだ》）太子が所有していた庭園があり、「祇樹園」とも「祇陀園」とも呼ばれていました。これをスダッタ（須達）長者が買い取って僧房を建て、釈迦とその弟子たちに寄進しました。スダッタは、貧しく孤独な人々に食事を与えるなどの慈善事業も行ったので、「給孤独」（孤独な人を救う者）と呼ばれ、「祇樹園」は「祇樹給孤独園」と称されるようになったのです。「精舎」は道場のことです。

では次に、そこでの「鐘の声」とは何でしょうか。鐘は、祇園精舎にある無常堂という建物で鳴り響くものを指しています。死が近くなった僧侶は、この無常堂に入ります。そして、臨終の時になると、ひとりでに鐘の音が鳴り響き、次のように告げるのです。

諸行無常　諸行は無常にして
是生滅法　是れ生滅《しやうめつ》の法なり
生滅滅已　生滅　滅し已《をは》りて
寂滅為楽　寂滅《じやくめつ》なるを楽しみと為す

（すべての現象ははかなく無常で、
それは生あるものは必ず滅するという道理によるものなのだ。
生と滅という二項対立を脱却し、
寂滅という、迷いの世界から解き放たれた静かな状態を悟ることこそ真の楽しみである。）

これを聞きながら、僧侶はやすらかに死を迎えるといいます。自分が直面している死という未知の体験も、人生の体験の一部に過ぎず、そして、死によってあらゆる煩悩から解放されることになる。そう信じて、僧侶は死を受け入れるわけです。

死の恐怖から逃れること、それが釈迦にとっても最大の問題であり、仏教の原理はその問題意識に基づいて形作られています。「諸行無常」という考え方も、そこから導き出されてきた、（少なくとも恐怖が軽減されるという効果を得られるという意味での）死への積極的な姿勢なのです。

以上のことから、「祇園精舎の鐘の声、諸行無常の響あり」という一文を直訳すれば、祇樹給孤独園の須達長者の精舎にある無常堂では、僧侶の死が近づくと、「諸行無常」

という文句が鐘の音に乗せて、自然と鳴り響く。

ということになります。

ところで、この「諸行無常」ということばは、当時の人々にとって、遠いインドのはるか昔の話に出てくることばというだけではなく、決して他人事とは思えない語感を有していたようです。この無常堂の故事に類する臨終の作法は、当時の葬地――京都周辺では、東山の鳥部野《とりべの》、西北の蓮台野、船岡山、西山の化野《あだしの》、東南の木幡《こはた》などで実際に行われていたといいます（兵藤裕己『平家物語』ちくま新書　一九九八年）。つまり、「祇園精舎の鐘の声、諸行無常の響あり」は、当時の読者にとって、リアリティーのあることばだったのです。

沙羅双樹の枯れる時

つづいて、「沙羅双樹の花の色、盛者必衰の理をあらはす」という、二番目の文章について考えてみたいと思います。

「沙羅双樹」は、インド原産の常緑樹で、淡い黄色の花を咲かせます。「沙羅」とは、もともとは「堅固」とか「高遠」という意味で、枯れることがない木とされました。ところが、そのような植物であっても、釈迦が入滅（高僧が死ぬこと）する時には、悲しみのあまり、花はもちろん幹も葉も真白に枯れて釈迦の体を覆ったというのです。

釈迦涅槃《ねはん》図というものがあります。「涅槃」とは、仏教語で、一切の迷いや苦しみから解放された理想的な境地を言い、特に釈迦の入滅を指します。釈迦涅槃図は釈迦入滅の場面を描いたもので、中央に釈迦が、それを取り巻いて弟子や信者が、そして枕元には観音・文殊・普賢らの七菩薩が描かれます。さらにその周辺には動物たちもいて、悲しみの涙を流しています。そして、そこには白色に変じた沙羅双樹も描かれているのです。

つまり、枯れることのないとされる「沙羅双樹」であっても、釈迦入滅のときには枯れてしまったということが、「盛者必衰の理（勢い盛んな者もいつか必ず衰えるという道理）」を表現しているというわけなのです。

定番の感動フレーズ

さて、ここまで『平家物語』冒頭を私たちに印象付ける「祇園精舎」「諸行無常」「沙羅双樹」といったことばについて述べてきました。

ところで、法然が作った『涅槃和讃』には、これらの言葉がすべて入っていることが指摘されています（前掲・兵藤書）。「和讃」とは、仏教の教えを大衆にもわかりやすく語ったものです。

跋提河《ばつだいが》の波の音、生者必滅を唱へつつ
沙羅双樹の風の音、会者定離《ゑしやぢやうり》を調ぶなり
祇園の鐘も今更に、諸行無常と響かせり

法然は『平家物語』の登場人物でもあり、この和讃も『平家物語』成立以前に成ったものと考えられます。

つまり、今までこだわってきた『平家物語』の冒頭の文章には、それほどのオリジナリティーはないのです。

逆に言うと、当時の人々の誰もがよく知り、感動できることばを用いることで、読者を物語世界へ導きやすくする工夫がなされていると言えるでしょう。ここでもいわば、感動へのスイッチがオンにされて、物語は始まるのです。

主人公は清盛

ここで、冒頭の構造を考えてみましょう。

まず、「祇園精舎の鐘の声、諸行無常の響あり」とこの世に常なるものなどないということが述べられ、「盛者必衰の理」が記されます。「奢れる人も久しからず。ただ春の夜の夢の如し。猛き者も遂には亡びぬ。偏《ひとへ》に風の前の塵におなじ」も「盛者必衰」を言い換えたに過ぎません。

そのあとは「遠く異朝をとぶらへば」と中国の、奢り高ぶったため「久しからずして亡じにし者共」の名が列挙され、つづいて「本朝をうかがふに」として日本の例が挙げられます。これらは、「盛者必衰」ということをさらに具体的に述べたのであって、ここまでの主題は一貫しています。そして、次の一言。

まぢかくは六波羅の入道前太政大臣平朝臣清盛公と申しし人の有様、伝へ承るこそ心も言葉も及ばれね。

つまり、人生は無常ではかなく、盛者は必ず滅びるというように冒頭で理論的に、あるいは抽象的、仏教的に宣言されたことが、そのあとつづいて具体例によって反復され、そして、清盛という一人の人物の評価に集約されていきます。

理論から具象へ、そして一人の人物へと焦点化がなされるという、まるで映画のようなクローズアップの手法が用いられています。仏教的な高邁《こうまい》な思想の世界を展開しておいたところへ、当時の時代小説としてのリアリティーを提示するのです。その過程が、速やかにかつしたたかに語られるこの技術の高さにも、注目しておきたいところです。そのことによっても、読者は物語世界の中へとぐいぐいと引き込まれていくのです。

清盛の悪行

ここで、『平家物語』の成立についても、少し触れておきましょう。

平家が壇の浦で滅んだのち、京都は大地震に襲われます。その原因として取《と》り沙汰《ざた》されたのは、安徳天皇と平家一門の怨霊によるたたりということでした。怨霊の怒りを鎮めるため、歌人としてもすぐれ僧侶としても高い地位にあった慈円が、大懺法院《だいせんぼういん》というものを建立しました。そこで行われた怨霊供養には、清盛を始めとする平家一門の悪行を「盛者必衰」と見なすことで、その魂を鎮めようとする姿勢が認められ、これが『平家物語』成立の契機ともなった可能性が指摘されています（筑土鈴寛《つくどれいかん》『復古と叙事詩』青磁社　一九四二年）。

では、清盛の悪行とは具体的にどのようなものだったのでしょうか。まず、その人生の軌跡を略述しておきます。

平安時代の末期になると、貴族に代わって、武家勢力が徐々に台頭してきます。なかでも、保元の乱（保元元〈一一五六〉年）・平治の乱（平治元〈一一五九〉年）という二つの戦乱によって、平氏の力が飛躍的に伸びてきました。その中心にいたのが清盛であり、彼は短期間で急速に昇進して、仁安二（一一六七）年には、太政大臣にまで昇りつめます。この時、清盛は五十歳でした。そして、翌年に出家し、別荘のあった福原（現在の神戸市兵庫区）に隠退しますが、そののちも平家一門の総帥《そうすい》として指揮をとりつづけました。承安元（一一七一）年には清盛の娘徳子（のちの建礼門院）が入内《じゅだい》し、安徳天皇を生みます。このことも、清盛の権力を強化することになりました。

平家の勢力があまりに強く、一門で有力な地位を独占してしまったため、しだいに反平氏の動きが活発になってきます。治承元（一一七七）年には、後白河法皇の近臣たちが平家打倒を企てた、鹿《しし》ケ谷《たに》の謀議が露顕し、首謀者俊寛《しゅんかん》らが鬼界が島へ配流《はいる》となります。この事件によって、清盛と後白河法皇の対立はいっそう深まり、治承三年にはついに清盛が後白河法皇を幽閉するという強硬手段に出ました。このことは、『平家物語』の巻三「法皇被流《ながされ》」にも描かれています。ただし、これによって、結果的に反平氏勢力の結束は固まってしまいます。強引なやり方が、逆効果となったのです。

翌年には、後白河法皇の皇子以仁王《もちひとおう》が源頼政とともに挙兵し、源頼朝や木曾義仲らも呼応して立ち上がりました。反平氏の旗を掲げて蜂起した奈良の東大寺・興福寺を、清盛の五男平重衡が焼き討ちにして、抗戦しようとします。このことは、『平家物語』巻五「奈良炎上」に記されています。

しかし結局、その翌年、治承五年に清盛は熱病に倒れ、没してしまいます。強力な指導者を失って、ここから平家は坂を転がり落ちるように滅亡への道をたどることになるのです。

さて、清盛の悪行という点では、大きく二つの事柄が指摘できるでしょう。一つは、後白河法皇との確執、最後には幽閉までしてしまうという「王法」への反逆です。もう一つは重衡に命じて、奈良の寺院を焼き討ちするという「仏法」への反逆です。

犯してはならないとされる「王法」と「仏法」――言い換えれば、天皇と仏教それぞれの持つ権威というこの世の最上の価値――をことごとく踏みにじってしまったことが、清盛の、ひいては平家の「悪行」なのです。

政権奪取に必要なもの

しかし、以上のような〈悪〉の要素も含めて、清盛の持っているエネルギッシュな行動力は、物語世界においては魅力の一つと言えるでしょう。

手塚治虫が清盛と義経を主要人物にしたマンガ『火の鳥　乱世篇』（『COM』一九七三年）

で、登場人物の一人に、
居坐った権力の座は、かならずいずれ、のっとられるさだめじゃ。
わしァ、その、のっとるほうのちからが好きなのじゃよ。

と言わせていますが、「のっとるほうのちから」を最大限に発揮したのが清盛でした。長い間貴族が支配し、世の中が閉塞状況にあった時代、徐々に武家勢力が進出し、平安時代末期にはついに両者の力関係が逆転します。そのような歴史の転換点にあって、清盛は全力で疾駆して、貴族から権力を奪取し、武家として初めて政治の頂点に立った人物です。やがて源氏に滅ぼされてしまうにしても、最初に貴族政権を打ち倒したという事実は、後世においても重く受けとめられたのでしょう。なにごとにつけても、最初に物事をなすことには困難が伴うものです。そして、先駆者というものは、後から来る者の踏み台になりがちだという、残酷な歴史的事実もあります（たとえば、織田信長も全国統一への道筋は付けるものの本能寺で倒れてしまい、その野望は豊臣秀吉に受け継がれ、豊臣政権自体も秀吉没後に徳川家康に取って代わられてしまいます。その二百数十年後、硬直化して機能しなくなった徳川政権を倒すために激しく戦った幕末の志士たちの多くは悲劇的な運命をたどり、明治政権でよい地位を占めたのはほんの一部、あるいは次世代の人々でした）。

　少し話がそれてしまいましたが、既成の権力からそれを奪おうとする旺盛なエネルギー、清盛という人物の持っていた力のイメージは、まさにそれだったのです。ある権力者（もしくは政権）の時代は永遠に続くのではないかと思われる瞬間があったとしても、決してそうはならない。物事には必ず終わりがやって来るのです。ただし、それを倒す時期を見間違えれば、倒そうとする側が滅ぼされてしまいます。時期を見間違えず、そして、ある種の強引さも兼ね備えて、無理やりにでも立ち向かう覚悟がなければ、権力を奪うなどということはできません。

　そこには、いわゆる「きれいごと」だけが存在するわけではないでしょう。清盛の、貴族の権力に立ち向かい、権力を奪おうとする時の行動原理は、おのれの欲望——権力を握りたいとか、一族でいい思いをしたいとか——に忠実に基づくものでもありました。むしろ、その欲望こそが彼の力強さを支えるものとなったわけです。そして、それもまた人間らしいと言うべきだと思います。

　こうも言えます。善とか悪とか、そういった価値は後世の人間が賢《さか》しらに当てはめていっただけのことであって、本来人間とはそう単純に割り切れるものではない、と。一方から見たら善であるものが、他方から見れば悪であることも、往々にして見られることです。〈その場〉を生きている当事者にとっては、自分が生きるか死ぬかということに必死なのであって、これが善か悪かをいちいち考えているとは限らないのです。

もちろん、善悪という価値基準も人間の持つ重要な美徳であって、それがある人間の行動を規定することは十分ありえます。ただし、政権奪取というような類――ある種の蛮勇を振るわないといけないもの――については、いちいちの善悪を越えたところにある、もっと大きな流れのようなものを見据えないと、達成できないだろうと思うのです。

なお、以上のような清盛の悪行については、歴史・文学さまざまな角度から、近年プラスの意味での再評価の動きが広がっていることも言い添えておきたいと思います（樋口大祐「清盛の〈悪行〉を読みかえる」『日本文学』日本文学協会　二〇〇五年一月、板坂耀子『平家物語あらすじで楽しむ源平の戦い』中公新書　二〇〇五年など参照）。

物怪の沙汰

清盛の悪ゆえのすばらしいパワーについて、『平家物語』の二つの場面から確認してみましょう。また併せて、江戸時代の享受についても見ていきたいと思います。

一つ目は、巻五「物怪《もつけ》の沙汰」の場面です。

ある朝、清盛が庭を見ると、死人の髑髏《どくろ》が数知れぬほど満ち満ちていて、からからと音を立て合っていました。清盛は人を呼んだのですが、誰も来ません。そうしているうちに、たくさんの髑髏は一つに固まってしまいました。

かの一つの大頭《おほがしら》に、いきたる人のまなこの様に、大のまなこどもが、千万いできて、入道相国《しやうこく》をちやうどにらまへて、まだたきもせず。入道すこしもさわがず、はたとにらまへて、しばらくたたれたり。かの大頭、余りにつよくにらまれ奉り、霜露なンどの日にあたツて消ゆるやうに、跡かたもなくなりにけり。

（その一つの大頭に、生きている人間の眼のように、大きな眼が数多くできて、清盛〈入道相国〉をきっとにらんで、またたきもしない。清盛〈入道〉は少しもあわてず、はったとにらんで、しばらく立っていらした。その大頭は、清盛からあまりに強くにらまれて、霜や露が日にあたって消えるように、跡かたもなくなってしまった。）

巨大で恐ろしい髑髏ににらまれても、清盛はひるむことなくにらみ返しています。ふつうの人間なら、恐怖のあまり、目をそむけるか、その場にへたりこんでしまうところでし

平清盛怪異を見る図　大判錦絵三枚続のうちの２枚（歌川広重作　大英博物館蔵 © The Trustees of The British Museum）

ょう。ここの描写にも、尋常ではない清盛のパワーへの『平家物語』作者の感歎の気持ちがこめられているように思います。

江戸時代の浮世絵師歌川（安藤）広重に「平清盛怪異を見る図」という作品があります。広重は「東海道五十三次」をはじめロマンチックな風景画で知られ、このように怪異を扱うのは珍しいことです。それだけ、この場面が彼にとって印象的だったということかもしれません。よく見ると、庭の築山や松、灯籠などに降り積もっている雪が、細かく髑髏の形に描かれています。数知れぬほどの髑髏が清盛の眼前に現れたというのを、雪の情景に託して表現しているところが巧みです。

あっち死

清盛が病死する場面も壮絶です。彼は、治承五(一一八一)年二月、熱病に冒されます。その場面は次のように描かれています。

身の内のあつき事、火をたくが如し。ふし給へる所四五間《けん》が内へ入《い》る者は、あつさたへがたし。ただ宣《のたま》ふ事とては、あたあたとばかりなり。すこしもただ事とは見えざりけり。比叡山より千手井《せんじゆゐ》の水をくみくだし石の舟にたたへて、それにおりてひえ給へば、水おびたたしくわきあがツて、程なく湯にぞなりにける。

(体内の熱いことは、火をたいているかのようである。寝ておられる所から四五間〈約七〜九メートル〉以内に入る者は、熱くてたえられない。ただお話しになることといったら、「あたあた」とだけである。少しもふつうの病気とは見えなかった。比叡山から千手井の水を汲み下ろし石で造った浴槽に水をいっぱいにして、それに身を沈めてお冷やしになると、水がたいそう沸き立って、まもなく湯になってしまった。)

熱病に苦しむ清盛。水はたちまち炎となって、御殿の内には黒煙が立ちこめた。一門の者は泣くばかり。平家物語絵巻「入道逝去の事」(林原美術館蔵)

水がすぐ湯になってしまう、そのくらい激しい熱病だったのです。これも清盛が尋常の人ではなかったことを表す描写と言ってよいでしょう。数日後、彼は「あっち死《じに》(はねまわって死ぬこと)」してしまいます。

江戸時代の川柳に、

清盛の医者は裸で脉《みやく》をとり (誹風柳《はいふうやなぎ》多留《だる》・初篇)

湯にはいる時入道はぢうといふ (誹風柳多留・拾遺六篇)

というのがあります。前者は、「ふし給へる所四五間が内へ入る者は、あつさたへがたし」という『平家物語』にある文章を踏まえて、脈をとろうとした医者も熱さに耐えられず、服を脱いで裸で清盛に近づこうとしたに違いないと想像しておかしがっているのです。後者は、比叡山から千手井の水を持ってきて石の舟に満たし、それによって清盛を冷やそうとしたところ、水がすぐに湯になってしまったという場面を踏まえてのもの。焼け火箸などを水に浸すと「じゅっ」という音がするから、清盛も水に浸した時、そういう音がしたろうという笑いです。

受け継がれるドラマ——俊寛

ここまで、清盛について主として述べてきましたが、最初に述べたように、他にも『平家物語』には魅力的な男性の登場人物は数多いのです。

そして、彼らの強烈なキャラクターが核となって、『平家物語』は後世にまで変容しつつ受け継がれていくことになります。特に、能や歌舞伎では、しばしば行われてきました。

ひとつの例として、俊寛について考えてみましょう。まず、『平家物語』のあらすじを記します。

俊寛は、平家打倒の鹿ケ谷の謀議に加わり、中心的な役割を果たすものの、密告によってはかりごとは露顕し、平判官康頼《やすより》・丹波少将成経《なりつね》とともに鬼界が島へ流されてしまいます。三年後、康頼・成経の二人は許されますが、俊寛だけは島にそのまま残されてしまいました。二人を乗せた船が出ていくのを見送りながら、彼は砂浜で「足摺り（望みがかなえられずに、絶望して、足をばたばたさせたりすること）」します。さらに数年後、召使の有王《ありおう》が島にやって来て、妻子が病死したことを告げると、俊寛は絶食して、自身も死んでしまいました。

足摺りする場面は、『平家物語』巻三「足摺」に、印象的に描かれています。

俊寛の話は、後世の演劇にも受け継がれます。

能に見られる中世までの俊寛は、彼自身の切なる願いにもかかわらず鬼界が島にひとり残される、「帰れない」俊寛でした。

それに対して、江戸時代の前期、近松門左衛門が『平家女護島《へいけにょごのしま》』（享保四〈一七一九〉年初演）で描く俊寛は、帰ろうと思えば帰れたにもかかわらず、「帰らない」ことを選択するのです（服部幸雄《ゆきお》『歌舞伎歳時記』新潮選書　一九九五年）。

近松作品の中では、史実や『平家物語』、能の「俊寛」とは異なり、俊寛も赦免されることになっています。けれども、最愛の妻が清盛に殺されたと知った彼は、

我が妻は入道殿（清盛）の気に違《ちが》うて斬られしとや。三世《さんぜ》の契りの女房死なせ、何たの

平家物語では、俊寛は船に取りすがるが赦免使にはねのけられてしまう。平家物語絵巻「足摺の事」(林原美術館蔵)

能の「俊寛」では、俊寛(シテ)は、なんとか船に乗せてくれるように赦免使(ワキ、左から三人目)に頼むがすげなく断られ、致し方なく、波打ち際で泣く。(平成15年12月13日　矢来能楽堂　シテ/観世喜正　ワキ/村瀬純　撮影/吉越研)

歌舞伎や人形浄瑠璃の「平家女護島」には、千鳥という女性が登場する。俊寛は千鳥を船に乗せようとして、自分は島に残る決心をする。(平成15年9月　歌舞伎座　俊寛/中村吉右衛門　千鳥/中村魁春　写真提供/松竹株式会社)

しみに我一人京の月花見たうもなし。二度の歎きを見せんより、我を島に残し、代はりにおこと（あなた）が乗つてたべ。

と言って、成経の恋人千鳥（本来は乗船できず、島に残していくしかなかった）を船に乗せてやり、自分は島に残る決心をするのです。運命に翻弄され悲しみをただ受け止めるばかりではなく、妻の死という絶望、成経・千鳥という恋人たちへの共感といった人間的な感情が彼の中に沸き起こり、そのことによって彼は主体的に行動するのです。

運命そのものの悲劇を描こうとする中世（鎌倉・室町時代）の文学と、人間の性格や感情がもたらす悲劇を描こうとする江戸時代の文学の違いがここにはあります。このような時代ごとのダイナミックな展開が可能になるのも、『平家物語』に描かれたおおもとの俊寛が、おもしろいドラマの枠組みを用意したからと言えるでしょう。そのことは一応確認しておきたいと思います。

男たちのドラマを越えて

もちろん、『平家物語』の魅力的な登場人物たちは男性だけではなく、最初にその名を記した祇王・祇女・仏御前、小督、巴御前、建礼門院ら女性たちのドラマも、男性たちのドラマを相対化し、作品に奥行きを与えています。

そして、個々の登場人物に絞って鑑賞することに限界がある点については、『源氏物語』の章で指摘したこと（本書34ページ～参照）と同様なことが言えます。個別の栄枯盛衰を飲み込むようにして流れる大きな時間そのものへの畏敬の念こそが、この作品でも最も根幹をなすテーマなのです。

激しい権力闘争の中心に身を置き、善悪を超越したその行動力によって栄華を手中に収めたものの、その死とともに平家凋落《ちょうらく》が加速化するという清盛の人生の軌跡は、個人というレベルの向こう側にある、「盛者必衰」という非情な運命的時間それ自体を『平家物語』の読者に対して強く刻印します。であればこそ清盛は、この大きな物語の主人公なのです。

コラム

『土佐日記』――性の越境

『土佐日記』は、『古今和歌集』の撰者としてよく知られた歌人紀貫之が記した紀行文です。土佐守としての任期を終えた貫之は、承平四（九三四）年から五年にかけて、都を目指して土佐から船で旅立ちます。この時、彼は六十歳を過ぎていたと考えられています（貫之は正確な生年がわかっていません）。土佐守である間に醍醐天皇や藤原兼輔《かねすけ》ら彼の庇護者たちが次々と亡くなり、帰途についた貫之の心中は悲嘆に満ちていたと想像されます。

その冒頭部分は、よく知られているように次のようなものです。

男もすなる日記《にき》といふものを、女もしてみむとて、するなり。それの年の、十二月《しはす》の、二十日あまり一日《ひとひ》の日の戌《いぬ》の時に門出す。そのよし、いささかに、ものに書きつく。或人、県《あがた》の四年五年《よとせいつとせ》はてて、例のことどもみなし終へて、解由《げゆ》など取りて、住む館《たち》より出でて、船に乗るべき所へ渡る。かれこれ、知る知らぬ、送りす。年ごろ、よく比べつる人々なむ、別れ難く思ひて、日しきりに、とかくしつつののしるうちに、夜ふけぬ。

(男も書くと聞いている日記というものを、女の私もしてみようと思って、書くのである。その年の十二月二十一日の日の、午後八時頃に出発する。その旅の様子を少しばかり紙に書きつける。ある人が、地方勤務の四、五年の任期が終わって、定められた事務をすべてすませて、解由状などを受け取って、住んでいる官舎から出て、船に乗ることになっている所へ行く。あの人もこの人も、知っている人も知らない人も、見送りをする。長い間、親しく付き合ってきた人々は、別れづらく思って、一日中、あれこれと大騒ぎしているうちに、夜がふけてしまった。)

ここでは男性である紀貫之が女性の書き手として自己を演じる、いわば女性仮託と呼ばれる記述の仕方がなされています。

貫之はどうして男という性を捨てることにこだわったのでしょうか。

当時の宮廷世界では、男性が公的なものを担い、それらは漢文で表現され、対して女性は私的な存在で、仮名文を主とするという原則がありました。ですから、漢文で物を書く

紀貫之（伝藤原信実画　耕三寺蔵）

以上、男性が背負っている公的なありかたから逃れることはできませんでした。貫之も歌人としてのみならず生涯官人として生きたわけですから、そういった男性の持つべき公の責務は彼の上にも重くのしかかっていたものと思われます。

渡辺実氏は、『平安朝文章史』（東京大学出版会　一九八一年）の中で、次のように述べています。

貫之が仮名の日記を書くのに我が身を女に仮託した、その理由に、男であれば漢文の日誌の形をとるのが当然、という抵抗感があったことは確かであろう。だがそれは同時に、土佐前司、従五位下、といった公的な立場から自分を解放することであったろう。古今集仮名序は、この上なく公的な晴《はれ》の仮名文の摸索であった。それに対して土佐日記は、まさに対極的に、この上なく私的な褻《け》の仮名文の試みであった。

漢文を使う以上、「土佐前司、従五位下、といった公的な立場」から逃れることはできないわけです。でも、そういう立場が自ずと要請する堅苦しい枠組みからいったん自己を解き放ってみたいという欲求が『土佐日記』を書いていた当時の貫之にはあったのでしょう。

では、渡辺氏の文章でも触れられている「古今集仮名序」はどうなのかという反論もあると思います。しかし、『古今和歌集』は天皇の命令によって編まれた勅撰和歌集なのですから、仮名とはいっても特別扱い、やはり公的な性格——つまり男性性を、おおいに有していたと言えると思います。

それに、やはり全般的には漢文が公的なものとして厳然として存在していたわけです。日記といえば現在では私的なものという印象を持ちますが、当時は漢文で記されるべき公的なものでした。それが『土佐日記』の場合は仮名と結び付いているところに独自性があり、それによって得られる解放感もひとしおだったでしょう。そして、仮名で、私的で自由な立場から文章を書くにあたって、そのような文章の書き手として女性という設定をすることによって、より伸びやかに、制約をはなれて書くことができたことでしょう。

ただし、この冒頭部分における女性仮託は『土佐日記』という作品全体を通して一貫したものとはなっていません。途中、明らかに男性と思われる「書き手」が登場してきますし、作者は女性だとばかり思って読み進めていると、読者は混乱してしまうでしょう。平沢竜介『古今歌風の成立』（笠間書院　一九九九年）では、そのことは貫之が意図したものであり、この作品は戯れに書かれたものだという印象を与えて積極的に読み手を惑わそうとしているのだという説が示されています。そうすることで、土佐で失った幼児への愛惜や兼輔らを失った悲しみといった、はっきりとは書きづらい私的な思いをかすかに漂わせているのが、この作品の本質だというのです。ひとつの学説として紹介しておきます。

さて、もう少し普遍的に考えてみた時、男性であれ、女性であれ、それぞれの性を背負って生きていくのが時に重荷に感じられるということはないでしょうか。

個人的なことですが、私自身は両親からは「男らしく生きろ」「男なら負けるな」などという言われ方はほとんどされずに大人になりましたけれども、社会全体にはそういう考えが根強くあって、自分の精神性の底流にも「男だから～せねばならない」「男だから～してはならない」ということへのこだわりは確実にあると思います。日頃はそのようなことについて自覚していませんが、時折そのことが重荷に感じられ、男性であるということに捕らわれずに生きてみたいと思うこともあります。

当然、女性にもそういうことはあろうかと思います。

性を越境することで捕らわれている何かから脱却するということは、人間に根源的な欲求なのでしょう。

また、女性仮託という設定は文学的な技法という点でも注目すべきものです。自己を仮構することでフィクションを生み出す力が生じてくることもあるのです。

江戸時代の俳人蕪村に「春風馬堤曲《しゅんぷうばていのきょく》」（安永六〈一七七七〉年刊『夜半楽』所収）という、発句や漢詩などさまざまな詩型を駆使した長い詩のような作品があります。そこで蕪村は、大阪に奉公に出ていた少女が休暇をもらって三年ぶりに実家に帰ることを、少女になり代わって詠んでいます。蕪村は当然男ですから、これも女性仮託の一例と言うことができます。

春あり成長して浪花《なには》にあり
梅は白し浪花橋辺《らうくわけうへん》財主の家
春情まなび得たり浪花風流《なにはぶり》

（私は成長して青春時代を迎え、大阪に住んでいます。

梅の花が白く咲き、難波橋あたりのお金持ちの家に奉公して、年頃の娘として大阪の華やかな風俗に染まってしまいました。）

抒情あふれるその詠みぶりはとてもロマンチックで、かつしみじみとしたものになっています。これも男という性を捨象して、自由な精神を獲得したことによって初めてなせる業であったと思われます。

ところで、『土佐日記』は冒頭の女性仮託ばかりが注目されがちですが、中身もなかなか面白いのです。歌人としての本来の特質も保持しているものの、『古今和歌集』編纂時の三十歳頃とは違って、老境に至って抱懐したむなしさが見え隠れするその書きぶりに接していると、この歌人の奥行きの深さを感じずにはいられません。

第三章　『枕草子』

――自然を切り取る

『枕草子』は、平安時代中頃に清少納言が記した随筆で、ほぼ同時期に『源氏物語』も作られており、この時期は王朝女流文学の最盛期だったと言ってよいでしょう。

作者清少納言は一条天皇の中宮定子《ていし》に仕えていた女房。定子は藤原道隆の娘であり、彼女の入内《じゅだい》は父道隆や兄伊周《これちか》の政治的権力の維持・拡張に直結するものでした。いわゆる閨《けい》閥《ばつ》政治の一環です。

当時の対抗勢力として、道隆の弟、藤原道長がいました。道長は娘彰子《しょうし》を入内させており、道隆の死後、伊周は次第に道長の側に圧倒されていくことになります。（本書22ページ系図参照）

自分の娘が天皇に寵愛《ちょうあい》され、次代の天皇となる皇子を産み、外戚となる。このことが政治権力に直接関わるという構造に支えられて、中宮サロンの文化的なレベルは引き上げられていきました。サロンの活気が天皇の関心を引き付け、ひいては愛をもたぐり寄せることができる、そう考えられたわけです。

この時代に、一条天皇の寵愛を得るため、定子のサロンと彰子のサロンが競い合ったのも、そのような理由によるものでした。結果として生まれたのが定子サロンの『枕草子』と彰子サロンの『源氏物語』だったと言えるでしょう。

『枕草子』の内容は、類聚《るいじゅう》的章段、随想的章段、回想的章段に分類されます。

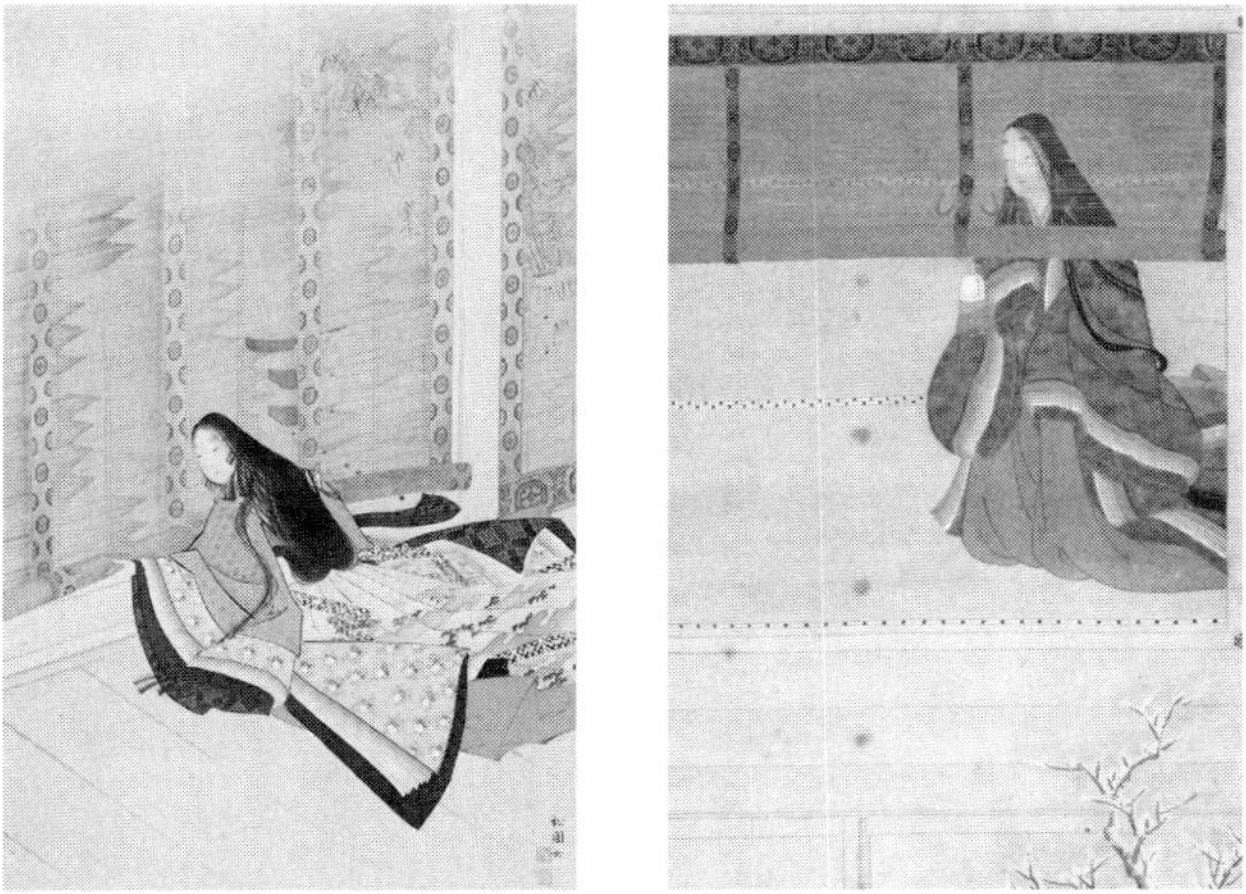

清少納言といえば、簾をかかげる像が描かれる。右／清少納言図（土佐光起画　東京国立博物館蔵　Image:TNM Image Archives　Source:http://TnmArchives.jp/)、左／清少納言（上村松園画　北野美術館蔵）

類聚的章段とは、いわゆる「物は尽くし」形式のこと。「山は」「虫は」「すさまじきもの」「心にくきもの」などのように、関連する事物を列挙していきます。

随想的章段とは、初段「春は、あけぼの」をはじめ「正月一日」「五月の御精進のほど」「月のいとあかきに」などのような、自然の情緒や人間への洞察を述べたもの。

回想的章段は、宮中での実体験を記したもの。「うへにさぶらふ御猫は」「職《しき》の御曹司《みざうし》におはします比《ころ》、西の廂《ひさし》に」「頭中将のすずろなるそらごとを」「大進生昌《だいじんなりまさ》が家に」など。中宮定子と清少納言らとのやり取りが生き生きと記述されています。

「少納言よ、香炉峰《かうろほう》の雪はいかならむ」と定子に問われて、『白氏文集《はくしもんじゆう》』の一節「香炉峰の雪は簾《すだれ》をかかげて見る」を思い出し、御簾《みす》を高く捲《ま》き上げたところ、定子はにっこり笑ったという、「雪のいと高く降りたるを」は、なかでも名高い場面です。

『枕草子』には、伝統性と非伝統性の理想的な結合の形が見られます。それは初段を検討することではっきりと確認できると思われますので、まずそこから始めていきましょう。

春は、あけぼの。やうやう白くなりゆく山ぎは、すこしあかりて、紫だちたる雲の細くたなびきたる。

夏は、夜。月のころは、さらなり、闇もなほ、蛍のおほく飛びちがひたる。また、ただ一つ二つなど、ほのかにうち光りて行くもをかし。雨など降るもをかし。

秋は、夕暮れ。夕日のさして山の端《は》いと近うなりたるに、烏のねどころへ行くとて、三つ四つ、二つ三つなど、飛びいそぐさへあはれなり。まいて雁などのつらねたるが、いと小さく見ゆるは、いとをかし。日入り果てて、風の音、虫の音《ね》など、はた言ふべきにあらず。

冬は、つとめて。雪の降りたるは言ふべきにもあらず。霜のいと白きも、またさらでもいと寒きに、火などいそぎおこして、炭持てわたるも、いとつきづきし。昼になりて、ぬるくゆるびもて行けば、火桶《ひをけ》の火も、白き灰がちになりてわろし。

だいたいの意味も挙げます。

（春は、曙。だんだんと白んでいく山際の空が、少し赤みを帯びて、紫がかった雲が細く横にたなびいているのがいい。

夏は、夜。月のある頃は言うまでもないが、闇夜もやはり蛍がたくさん乱れ飛んでいるのはいい。また、ほんの一つ二つなど、ほのかに光って飛んで行くのも、趣がある。雨など降るのも面白い。

秋は、夕暮れ。夕日がさして、もう山の端に落ちかかろうとする時に、鳥がねぐらへ帰ろうとして、三つ四つ、二つ三つなど、急いで飛んで帰るのまで、しみじみとする。まして雁などの列を作っているのが、たいそう小さく見えるのは、とても趣がある。日が落ちてしまってからの、風の音や虫の音もまた言うまでもない。

冬は、早朝。雪が降っているよさは、言うまでもない。霜などがたいへん白く置いていても、またそうでなくてもひどく寒い時に、火などを急いでおこして、炭火を持って運んで行くのも、いかにも冬の早朝にふさわしい。昼になって、次第に寒気がゆるんでいくと、火桶の火も、白い灰が多くなってしまって、嫌なものだ。)

伝統性と非伝統性

春の自然から始まって、夏・秋・冬の自然が描かれ、そして、作者の日常へと記述は移っていきます。まるで映画の始まりのように、まずは全景としての自然が画面に登場し、四季の移ろいが手短に示されて、それからカメラが主人公の生活の一齣《ひとこま》へとフォーカスを絞っていくのです。みなさん、これからいよいよ宮中で火桶の火を運んだりしているこの女房の書き留めた面白い出来事の数々が繰り広げられます、お楽しみに、お楽しみに、といったところでしょうか。

それぞれの季節の中では、まず最もすばらしいとされる時刻が選ばれます。それから、具体的な景物が列挙されて、「をかし」といった評価が与えられていきます。

私たちは、中学校の時にこの文章を定評ある名文として教わってしまいます。そこで、この記述内容全体が極めて権威あるもののように思えてしまいます。しかし、これが書かれた、つまり清少納言が生きていた当時の人々にとっては、ある種の違和感を感じさせるものだったと考えられるのです。

宮中の日常の様子。枕草子絵詞　第一段。清少納言が仕える中宮定子（右上）のもとへ、東宮妃となった定子の妹原子（中央）が訪れる。そこへ父の関白道隆(右下）と北の方貴子（左）もやってくる。部屋の真ん中には大きな火鉢が据えられている。(中央公論新社刊『日本絵巻大成　巻10　葉月物語絵巻　枕草子絵詞　隆房卿艶詞絵巻』より)

そのことを三田村雅子『枕草子　表現の論理』（有精堂出版　一九九五年）は、次のように述べています。

枕草子初段「春は曙」の段は最も伝統と創見との調和的表現に心が配られた段であり、「月のころはさらなり」「まいて雁などのつらねたるが、いと小さく見ゆるは、いとをかし」「雪の降りたるは、言ふべきにもあらず」と和歌的な美意識から言えば当然とりあげられるべきものを一言で片付けてしまって、夏の夜の闇の面白さ、雨夜の面白さ、鳥の飛び急いでいる夕方の面白さ、雪も霜も降らない寒い冬の朝というような歓迎されざる物を挙げないではいられない自らの感受性のあり方を「なほ（をかし）」「さへ（あはれなり）」と遠慮がちに表現しているのであるが、その四季をそれぞれの時間帯にわりふることにも、（古今集仮名序以来の：引用者注）歌集序文の伝統が影を落していると思われる。

ここでの「伝統と創見」という指摘は、伝統性と非伝統性という二項対立に置き換えても問題ないと思うので、そのような観点から、私なりにまとめ直してみたいと思います。

伝統性とは

まず伝統性について。三田村氏の指摘にもあるように、平安時代前期に成立した最初の勅撰和歌集『古今集』以来の美的感覚が、ここには色濃く投影されています。さらに二点に分けて指摘しておきます。

第一に、自然への基本的な美意識について。まず四季ごとにその時期特有の景物を列挙しようとするこの『枕草子』の姿勢自体は、『古今集』が形作った歳時意識に則《のっと》った極めて伝統性の強いものでした。

第二に、具体的な景物について。『古今集』においては、『万葉集』の伝統を踏まえつつ、四季の景物は、ある一定の美意識によって用いられるようになり、そのパターンはほぼ確定されていました。それは、今日にいたるまで私たちを律する、強固な日本的美意識を築きました。

主だった景物としては、

春……梅、鶯、桜、蛙、山吹。
夏……橘、ほととぎす。
秋……月、紅葉、萩、荻、鹿、雁、虫。
冬……雪。

などがあります。そしてたとえば、それぞれの季節の到来は、

春……梅の香りと鶯の鳴き声。

夏……ほととぎすの鳴き声。

秋……風。

冬……時雨。

が告げるというように、景物の特徴が季節感と密接に結び付いて、規範的な歳時意識を強固に形成していきました。

『枕草子』初段でも、月、雁、雪などの伝統的な景物がさらりとではあっても取り上げられています。拠り所となる規範的なものが一方で対置されていればこそ、次に述べるような美意識への挑戦にも意味が生じてくるのです。

非伝統性とは

さて、伝統性に対して非伝統性とは何でしょうか。それもすでに三田村氏の指摘の中に示されていますが、「夏の夜の闇の面白さ、雨夜の面白さ、鳥の飛び急いでいる夕方の面白さ、雪も霜も降らない寒い冬の朝」といった、従来の美意識の主流からは外れたところにあるものの清少納言という一人の女房の実感によって認定された美しさが、ここに提示

されているわけです。

繰り返しになりますが、私たちはまず名文としてこの一文に接するために、そこに書かれている美意識すべてが当時の標準だと思い込んでしまいがちです。しかし、今の感覚だけを頼りにして古典を読んではいけないのです。歴史性というものを反映させつつ、相対的に古典は読まれる必要があります。

この『枕草子』初段も清少納言が生きていた当時の人々にとっては、ある種の違和感を感じさせるものだったと先に述べたのは、そういう意味です。伝統性と非伝統性とがごった煮になっているような感じなのであって、そこがまた面白いのです。

清少納言の戦略

前項で述べたような、伝統性と非伝統性の混在を、藤本宗利『枕草子研究』(風間書房二〇〇二年)は、次のように意義付けしています。

第一に注目すべきものは「沈黙の表現」とでも言うべき方法であろう。それは一言で言えば、或る概念が非常に通念的な場合には、それについて敢えて記述しないという表現方法である。この沈黙された概念は、通念的には当然言及されるべきものであったが故に、不在であることがかえってその空白の存在性を主張する、という逆説的な性格を有している。通念的概念に対する沈黙と、その半面の非通念的なものへの言及（初段においては「烏」の条《くだ》りなどがこれに当る）は、読者の美意識を律している規範性とは相容れないため、読者の感性を惑乱させることは必至であった。和歌的伝統に支えられた美意識の硬直性への、烈しい挑発であると言えよう。

つまり、本来「春は桜」という通念があるのに敢えてそれを書かないことによって、伝統の存在もいっそう強く印象付けられ、逆に非伝統の存在も照らし出されてくるということなのです。そういう戦略的な文章を書ける技量も、清少納言には備わっていました。

「春は、あけぼの」の来し方

また、上野理《おさむ》「『春曙』考」（『文藝と批評』文藝と批評の会　一九六八年四月）は、中国・唐の詩人白楽天の漢詩句、

霞の光は曙《あ》けて後、火よりも殷《あか》し

（朝焼け雲の光は、夜が明けるにつれて、火よりもさらに赤くなる。）

からの影響を指摘しています。中国の「霞」は日本のそれとは異なり、朝焼け、夕焼けのことを指します。この表現が、春の曙に山際が少しずつ赤みを帯びていくという『枕草子』初段の情景にヒントを与えているというのです。

白楽天の漢詩は、日本文学に多大な影響を及ぼしました。同じく彼の作品「長恨歌」は『源氏物語』桐壺巻の構想に強い基盤を付与しています（本書24ページ参照）。また、この「霞の光は」の詩句は平安時代の『和漢朗詠集』という、藤原公任《きんとう》が編んだ朗詠のためのアンソロジー（『枕草子』の少し後に成立。公任は清少納言とほぼ同時代人）にも収録されており、当時よく知られていた表現だったと想像されます。

日本人の独創のように思える古典の名文にも中国文学が色濃く影を落としていて、単独で成り立つ名作というものはあり得ないということを改めて実感させられます。逆に言えば、先行文献からの影響があることは、その作品の価値を減じさせるものでは決してないのです。むしろ過去からの集積が数多く吸収されていることで味わいが増し、作品としての深みも加わっていくと考えるべきでしょう。

どう訳すか

さて、「春は、あけぼの」と、きっぱりと言い切っているところ、実に気持ちいい文章だと思います。ところがこの文章は、現代語訳するとなると、省略も多く、原文のよさを損なわずに訳すのは結構難しいのです。このような表現をどのように訳すのがいいのか、ということにもこだわっておきたいところです。そこで、春に関する部分が今までどう訳されているか、見ていきます。

以下に主だった訳文を列挙していきますが、注意するポイントは、

(a)「春は、あけぼの」というところを、このまま訳すか、それともなにかことばを補うべきか。

(b)「たなびきたる」という連体終止をどう訳すか。

という二点です。

・田中重太郎《じゅうたろう》『枕冊子全注釈』(角川書店　一九七二年)

春は、あけぼの。だんだんと白んでいく東の山際が少し赤味を帯びて、紫色がかった雲が(そのあたりに)細くたなびいているといったところが。

・石田穣二『枕草子』（角川文庫　一九七九年）

春は、曙。ようやくあたりも白んでゆくうち、山の上の空がほんのり明るくなって、紫がかった雲の細くたなびいた風情。

・萩谷朴《はぎたにぼく》『枕草子解環』（同朋舎出版　一九八一年）

春は、夜明け（に限る）。

ゆっくりとしらんでゆく山際の空が、すこし明るくなって、紫がかった雲が、細く棚引いてるの（がいい）。

・鈴木日出男『枕草子』（ほるぷ出版　一九八七年）

春は、曙。あたりがだんだん白んでくるにつれ、山ぎわの空がほんのり明るくなって、紫色がかった雲が細くたなびいているの。

・松尾聰・永井和子『枕草子』（小学館『新編日本古典文学全集』18　一九九七年）

春はあけぼの。だんだん白んでくっきりとしてゆく山ぎわが、少し赤みを帯び明るくなって、紫がかった雲が細く横になびいているの。

まず(a)について見ていくと、最も多いのは原文通り「春は曙」としてしまうもの。この言い切りがあまりに有名なので、そして難しい言い回しではないので、そのままにしておこうということなのでしょう。私もそれがよいと思います。萩谷氏は「あけぼの」を「夜明け」と直し、かつ括弧にして「に限る」を補っています。なお、同氏は内容ごとに行替えしていますが、これは列挙される景物をわかりやすくするための工夫と思われます。

つづいて(b)。連体止めをどう訳すかが難しいところです。田中氏は「たなびいているといったところが」とやや長めに訳しています。鈴木氏、松尾氏・永井氏は「たなびいて(なびいて)いるの」としており簡潔ですが、格助詞「の」が、女性がよく使う終助詞の「の」と紛らわしいかもしれません。萩谷氏は「棚引いてるの」のあとにやはり括弧をして「がいい」を補っています。石田氏は「風情」を補っているのでわかりやすいのですが、原文にないことばをここまではっきり記していいかどうか、人によって意見が分かれるかもしれません。

ことばを補いすぎても説明的になって興を殺《そ》いでしまうし、ことばを補わないと今度は読者が理解できなくなってしまいます。バランスを保ちつつ、どう工夫していくか、それぞれの訳者の苦労がよくわかるのが、『枕草子』初段の訳文です。

なお、橋本治『桃尻語訳枕草子』（河出書房新社　一九八七年）が「『枕草子』を現代の女の子の言葉で訳す」という方針に基づいて、「をかし」を「素敵」、「あはれ」を「ジーンとくる」、「こそ〜已然形」を「〜っていうのは、ホント、〜なのよねェ」と置換していくのは、読者にある種のリアリティーを感じさせて、とても親しみ易いものになっています。もっとも、大ヒットした橋本氏のこの本もすでに刊行からだいぶ年月が経って、この訳が現在の「女の子の言葉」にあてはまるかどうか、やや微妙ではあります。冒頭を挙げておきましょう（これだけは夏も挙げます）。

春って曙よ！
だんだん白くなってく山の上の空が少し明るくなって、紫っぽい雲が細くたなびいてんの！

夏は夜よね。
月の頃はモチロン！
闇夜もねェ……。
蛍が一杯飛びかってるの。

あと、ホントに一つか二つなんかが、ぼんやりポーッと光ってくのも素敵。雨なんか降るのも素敵ね。

「秋は、夕暮れ」の行方

次に、この『枕草子』の記述自体が新たな規範になって、後代に影響を与えていくということについて述べます。「春は、あけぼの」の影響力は絶大で、それまで春の夜明けの情景は和歌ではあまり詠まれなかったのが、『枕草子』以後詠まれていくようになります。ただ、「秋は、夕暮れ」の変奏の仕方もとても面白いので、ここではそちらを例に取り上げます。

まず、清少納言から半世紀ほど後に活躍する歌学者藤原清輔《きよすけ》（一一〇四〜七七）に次のような歌があります。

薄霧のまがきの花の朝じめり秋は夕べと誰か言ひけん　（新古今集・秋上）

だいたいの意味は、次の通りです。

（薄霧のかかる中、垣根〈まがき〉に咲いた花が朝露によってしっとりとしめって、実に美しい。秋は夕方がよいと誰が言ったのだろうか。秋の朝だってこんなにすばらしいのに。）

『枕草子』の「秋は、夕暮れ」を意識して、秋は朝もいいものですよと物申したという体《てい》です。

時代は下って、新古今時代の宮廷歌壇を主宰した後鳥羽天皇（一一八〇～一二三九）には、

見わたせば山もと霞む水無瀬川《みなせがは》夕べは秋となに思ひけむ　（新古今集・春上）

という有名な歌があります。大まかに意味を取ってみましょう。

（あたりを見渡してみると、山の麓《ふもと》は霞がかかっていて、その中を水無瀬川が流れて行く。春の夕暮れは、なんと美しいことか。今までどうして「夕方が最もよいのは秋」と思い込んでいたのだろうか。春の夕暮れ時も秋に劣らずすばらしいものだ。）

水無瀬には後鳥羽天皇の離宮があり、この歌はそこでの光景を思い浮かべて詠まれたものとされています。清輔は秋という季節は変えずに時刻だけを変化させましたが、後鳥羽天皇は時刻は固定して季節の方を春へと変化させており、よりダイナミックな視点の転換がなされています。『枕草子』によって定着した「秋は、夕暮れ」との美意識に対して、約二百年後の天皇が敢然と挑戦し、「春の夕暮れ」の美しさを主張しているのです。挑戦ということばを使いましたが、後鳥羽天皇は『枕草子』の美を否定しようとしているのではは毛頭ありません。むしろ、それをも認めた上で、自分の思うところをそこに付加しようとしている、そんなふうに考えてみたいのです。

二百年前に生きていた人と対話することはできません。しかし、このような形で本歌取りをすることによって、「見ぬ世の友」との会話が可能になるのです。言い方を換えると、後鳥羽天皇は清少納言にファンレターを出すような気持ちで、

『枕草子』の「秋は、夕暮れ」という考え方はとてもいいと思いますけど、私の慣れ親しんできた水無瀬の春の夕暮れの光景もなかなかいいので、ぜひあなたにお見せしたいです。

と詠んでいるわけです。

さらに時代が下って、後鳥羽天皇二百五十年忌の長享二(一四八八)年に行われた「水無瀬《みなせ》三吟何人百韻《さんぎんなにひとひゃくいん》」というよく知られた連歌があります。著名な連歌師宗祇《そうぎ》・肖柏《しょうはく》・宗長《そうちょう》によって興行されたものですが、その宗祇の発句は、

雪ながら山本かすむ夕べかな

です。後鳥羽天皇の「見わたせば」の歌を踏まえて、山頂には雪が残っているものの、後鳥羽天皇ゆかりの地水無瀬の山麓では早くも霞がたなびいて美しい春の夕暮れの情景が見られますと詠んだ句なのです。

平安中頃の清少納言が「秋は、夕暮れ」としたのに対して平安後期の清輔が秋は朝もよいとし、さらに平安末から鎌倉初期にかけての後鳥羽天皇が夕暮れは春と主張し、室町時代の宗祇がそれを称える。何百年もかけて、この人たちはラブコールを過去に向かって発信しつづけ、そのようにしてことばそれ自体が作品表現の中を旅していくのです。そして私たちも、それを味わうことで悠久の時間の流れに一体化できるのです。これこそ文学の醍醐味ではないでしょうか。

『犬枕』の世界――共通性と差違性

江戸時代の初めには、貴人の御伽衆《おとぎしゅう》と称される人々――主に連歌師・医者・僧侶――が主人の無聊《ぶりょう》を慰めるためさまざまに興味深い話を練り上げ、文学作品へと結実させていきました。それらは刊行され、一般へも流布していきました。仮名草子と呼ばれる、江戸時代最初の小説ジャンルの登場です。そこでは特に笑い話や古典のパロディーが重要な内容でした。その中には、『伊勢物語』や『徒然草』と並んで『枕草子』のパロディーもありました。

『犬枕』は、公家近衛信尹《このえのぶただ》周辺で作られた原案を秦宗巴《はたそうは》という人物が編集したものかとされています。「犬」というのは、似ているものの本物ではないという意味です。また『尤之双紙《もっとものそうし》』という書もあって、こちらは俳人の斎藤徳元《とくげん》が八条宮智忠親王へ献上したものです。いずれも、『枕草子』にならって「物は尽くし」形式が用いられ、さまざまなものを連想によって列挙し笑いを醸し出そうとする機知が発揮されています。

ここでは、『犬枕』の初段を挙げてみます。

嬉しき物

一　人知れぬ情
一　謎立《なぞだて》解きたる
一　町買の掘出し
一　思ふ方よりの文
一　誂《あつらへ》物能《もの よく》出来たる時

「人知れぬ情」に注は要らないでしょう。そっと差し伸べられる救いの手ほどありがたいものはなく、特に逆境に陥っている時ならばなおさらのことです。「謎立」とは、謎謎。ことばをめぐるクイズと思えばよいでしょう。それが解けた時も嬉しい。「町買」は市中の店、そこで思いもかけぬ珍しい品、あるいは本来高いはずなのに安い値段が付いている品を発見するのは喜びもひとしおです。「思ふ方」は恋しい人。その人から来た手紙もとても嬉しい。「誂物」は注文して作らせた品物。今か今かと待ち遠しく思っていると、よくできてきた時の嬉しさも格別です。

もう一例挙げておきます。

見苦しき物

一 年寄の差出《さしいで》
一 鼻垂《はなだら》
一 摺切《すりきり》の借著《かりぎ》
一 著物《きるもの》の褄《つま》・袖口合はぬ
一 同 綻《ほころび》
一 出家の女を見る
一 畳の古き

「差出」はでしゃばった口をきくこと。「鼻垂」は鼻汁を垂らしている者の意で、人を馬鹿にし罵《ののし》って言うことばです（現代でも、未熟な若者を罵って「この鼻垂《はなたれ》めが」などと言う場合があります）。「摺切」は財産を使い果たしてしまった人のことです。借り着だと寸法が合わなかったりして見苦しいというわけです。次の「褄（襟先から下までの縁の部分）・袖口合はぬ」も服装関係、だらしない着方をみっともないと言っているわけです。その「綻」もやはりみっともない。「出家の女を見る」とは、出家をし俗世を捨てたはずの男が女性を見ていること。そういうことをしてはならない身なのに、男としての欲望が抑えられないのです。「畳の古き」も見苦しい。

「見苦しきもの」という項目は『枕草子』にもあって、そちらでは、

・衣《きぬ》の背縫《せぬい》（背中の縫い目）を肩の方に寄せて着ていること。また抜き衣紋《えもん》（襟を下げて襟足が広く出るように着ること）。

・珍しく訪れた客の前に、子どもをおんぶしたまま出てくる人。

・法師・陰陽師《おんみょうじ》が紙で作った冠をつけて祓《はら》えの神事をすること（仏事に携わる者が中途半端に神事を行うこと）。

・不細工な女と貧相な男とが夏の日中に同衾《どうきん》していること。

・痩せて色の黒い人が生絹《すずし》（薄い絹布）の単衣《ひとえ》を着ていること（貧弱な体型が絹布を通して透けて見える）。

といったものが挙げられています。

ともに着るものへ注意が向けられているのが面白いと思います。時代を超えて、服装の整っていることが見苦しくないことの条件なのです。

一方、「出家の女を見る」のような、性欲を露骨に扱う卑俗さはやはり江戸時代特有のものだと思います。『枕草子』も男女の同衾に触れているものの、性的な興味というより、

見た目が不愉快なものたちの厚顔無恥なふるまいが批判されているのです。『枕草子』の場合は、どんなに卑近な内容になったとしても、宮中の女性の日常的な感覚以下のものではありません。

右を細かいレベルでの共通性・差違性と考えるならば、さらに大枠の共通性として、先に述べたような類聚的章段における「物は尽くし」形式が『枕草子』から『犬枕』へと踏襲されている点があります。平安時代の女性の機知的な発想形式が、何百年も経った江戸時代にも重用され、その時代に応じた精神性（この場合、具体的には卑俗性をも含み込む言語感覚）がそこに発露するのです。そのようにして、共通性と差違性が紡ぎ出されて行く構造自体に古典文学のスピリットは存在しています。

第四章　『おくのほそ道』

——漂泊する人生

『おくのほそ道』は、江戸時代の俳人芭蕉（一六四四～一六九四）が、元禄二（一六八九）年三月二十七日に江戸を出発し、北関東・南東北・北陸を旅して、同じ年の九月六日に岐阜の大垣から伊勢に旅立つまでの約五ヵ月を描いた紀行文です。「夏草や兵《つはもの》どもが夢の跡」（平泉）、「閑《しづ》かさや岩にしみ入る蟬の声」（山形立石寺）、「五月雨をあつめて早し最上川」（最上川）、「荒海や佐渡に横たふ天の河」（新潟出雲崎）などをはじめとして、有名な句が多く収められています。

この時、芭蕉は四十六歳。彼は五十一歳で没していますから、結果的に人生の晩年に当たり、俳人としても最も充実していた時期の作品と言えるでしょう。旅から帰った後も、芭蕉は推敲《すいこう》に推敲を重ね、結局作品が一応の完成を見たのは五年後の元禄七（一六九四）年ごろ、すなわち没する年と言われています。それほどの執念をもって、彼はこの作品に取り組んだのです。

そもそも、どうして彼はこのような旅に出ようと思い立ったのでしょうか。また、そこで得られたものはなんだったのでしょうか。

そのことを解く鍵はすでに本文冒頭に示されています。

月日は百代《はくたい》の過客《くわかく》にして、行きかふ年もまた旅人なり。舟の上に生涯をうかべ、馬の口

とらへて老をむかふる物は、日々旅にして旅を栖《すみか》とす。古人も多く旅に死せるあり。予もいづれの年よりか、片雲の風にさそはれて、漂泊の思ひやまず、海浜にさすらへ、去《こ》年《ぞ》の秋、江上《かうしやう》の破屋《はをく》に蜘《くも》の古巣をはらひて、やや年も暮れ春立てる霞の空に、白川の関こえんと、そぞろ神《がみ》の物につきて心をくるはせ、道祖神のまねきにあひて、取るもの手につかず、もも引の破れをつづり、笠の緒《を》付けかへて、三里に灸すゆるより、松島の月まづ心にかかりて、住める方は人に譲り、杉風《さんぷう》が別墅《べつしよ》に移るに、

　草の戸も住み替はる代《よ》ぞ雛の家

面《おもて》八句を庵の柱に懸け置く。

だいたいの意味も記しておきます。

（月日は永遠にとどまることのない旅人であり、めぐり行く年もまた旅人である。船頭として船の上に一生を送り、馬子として馬のくつわを取って老いていく人々は、毎日が旅であって、旅を自分の住《す》み処《か》としている。昔の風流人の中にも旅の途中に生涯を終えた人々が多くいる。私もいつの頃からか、ちぎれ雲が風に誘われて漂うように、漂泊の旅をしたいという思いが止まず、海辺をさまよい歩き、去年の秋、隅田川のほとりの粗

末な家に帰り、蜘蛛の巣を払って、やがて年も暮れ、立春の空に霞の立つ頃になると、白河の関を越えたいとの思いに、そぞろ神が私に取り付いて心を狂おしくさせ、道祖神が招いているように思われ、何事も手につかず、股引の破れを繕ったり、笠の緒を付け替えたり、灸のつぼである三里に灸をすえたりしているうちから、松島の月はどんなだろうとまず心にかかって、今まで住んでいた家は人に譲り、杉風（杉山杉風。蕉門十哲の一人）の別宅に移った頃、

世捨て人のような私が住んでいたこのわびしい草庵にも、新しい住人が移り住んで、今度の人には家族がいて、弥生の節句には雛を飾るだろう。私はそのような安穏とした暮らしは捨てて、厳しい旅へと出発するのである。

これを発句とする表八句を庵の柱に掛けおいた。）

一ヵ所にとどまらない

「月日は百代の過客にして、行きかふ年もまた旅人なり」では、東北・北陸という未知の空間への旅のみならず、時間の流れの中を旅していくこと、あるいは時間そのものも旅であることが格調高く述べられます。この文章は、

それ天地は万物の逆旅《げきりょ》にして、光陰は百代の過客なり。（春夜桃李園に宴するの序）

という中国・唐の詩人李白のことばを下敷きにしています。これは、有名な文章を集めた『古文真宝《こぶんしんぽう》』という中国の書物に収められており、江戸時代にかなり流布していて、芭蕉

奥の細道行脚図（許六画　天理大学附属天理図書館蔵）

も読んでいました。李白の方では、天地は旅館（逆旅）、月日（光陰）は旅人（過客）という関係になっているのに、芭蕉は「月日」も「行きかふ年」も旅人だというように同じことを繰り返していて、自分の主張を強く打ち出すために、この典拠を改変していることがわかります。ただし、中国漢詩の持っているきびきびした調子自体はそのまま芭蕉の文章に受け継がれています。読者の気持ちは自然と昂揚し、作品の中へと引きずり込まれていくのです。

続く「舟の上に生涯をうかべ、馬の口とらへて老をむかふる物は、日々旅にして旅を栖とす」という一文では、船頭や馬子のように一所に住み処を定めない人も「旅を栖と」していて、そこに彼らなりの安定があることが述べられます。船頭とか馬子とか、そういう人たちは、旅行者の必要に応じて、どこへでも行かなくてはならないわけで、普通には不安定な人生だと考えられてしまいます。しかし、芭蕉はあえて彼らのような「旅を栖と」する生き方に肯定的な評価を与えています。そこに彼の旅への思いの強さをうかがうことができるでしょう。

以上の二つの文章から読みとれるエッセンスは、芭蕉が唱えた「不易流行《ふえきりゅうこう》」という考え方につながってゆくものです。一ヵ所にとどまらず変化していくことこそがむしろ永遠の普遍性に連なる唯一の方法だと主張しているのです。

「不易流行」は、芭蕉の門人土芳《どほう》（服部氏）が著した『三冊子《さんぞうし》』という俳論などに、芭蕉の考えとして記されています。かみくだいて言うと、「不易（永遠に変わらないもの）」と「流行（時々刻々変化していくもの）」の両面性を兼ね備えていてこそ、芸術作品はそれが生まれた時代において価値を持つというものであり、江戸時代の俳諧はもとより日本文学を代表する文学理念とも言われています。

たしかに、どんな芸術作品でも「不易」がないと人々に感動を与えることは難しいでしょう。感動のパターンというのは何千年もの歴史の中で形成されていて、人々の心性に奥深く根付いていています。人間は根っこのところでは、それほど大きく変化していないのです。もっとも、「不易」ばかりを追い求めていても、単なる模倣になってしまいがちです。ワンパターンということです。そうならないために、その時代を生きている人が生き生きと感じられる要素を入れておかなくてはなりません。それが「流行」なのです。

漂泊することの意味

芭蕉は前々年の貞享四（一六八七）年十月江戸を出発して、尾張から故郷の伊賀上野、伊勢・吉野の大和路、須磨明石などを訪れ、信濃国（現在の長野県）を経由して前年の八月に江戸に戻ったばかりでした（この旅は『笈《おい》の小文』『更科《さらしな》紀行』という紀行文にまとめられています）。相当疲れていたはずですが、彼の旅心は少しも衰えていません。そのくらい旅に出て何かを摑みたいという欲求が強かったということです。

「草の戸も住み替はる代ぞ雛の家」という句には、代替わりした元の我が家をなつかしくしみじみ思う気持ちがこめられています。世捨て人の自分とは異なり、今度住んだ家族は雛人形も飾っているだろうと想像する、感傷的なニュアンスです。しかし、と同時に、そういった安穏とした暮らしは潔く捨てて、自分は遠く未知の世界へ旅立って新たな文学的境地を発見するのだという意気込みも感じ取れるでしょう。

繰り返しになりますが、この時彼が求めたのは、旅に出てひたすらさまようこと、つまり漂泊ということだったのです。

では具体的に、漂泊することで何が得られるのか。それを冒頭の文章から探ってみましょう。

第一に、「白川の関こえん」「松島の月まづ心にかかりて」と具体的な地名が挙げられているところです。まだ江戸にいるのに、白河の関はどんな風景なのだろう、松島の月はどんななのだろうと想像して、心はもう旅立っています。そのように各地の自然の風景に触れたいと願っていることにまず注目しておきましょう。

次に、先ほども触れた「舟の上に生涯をうかべ、馬の口とらへて老をむかふる物は、日々旅にして旅を栖とす」です。船頭や馬子らには旅でないとなかなか出会えません。日頃出会えないような人々と出会うのも大事なことだったでしょう。

そして、「古人も多く旅に死せるあり」にも注目します。ここでは、芭蕉が敬慕した「古人」(具体的には中国の詩人李白・杜甫、歌人西行、連歌師宗祇)と同じく自分も旅立つのだという決意が述べられています。旅中では古人のたどった跡を求めてさまようわけですが、それも旅の重要な目的のひとつでした。

以上のような、自然と触れ合う、人間と出会う、古人の軌跡を確かめる、という三つの点を、ここでは旅の目的として設定してみたいと思います。

江戸時代の旅

ところで、当時の旅は今のわれわれが想像するより、ずっと危険なものでした。森川昭氏の『東海道五十三次ハンドブック』(三省堂　一九九七年)には、次のようにあります。

今日旅といえば楽しいものであって、死などとはまず無縁である。昔はそうではなかった。というよりはむしろ死と隣り合わせであったともいえる。基本的には徒歩であった旅は体力を消耗したし、宿泊の施設も医療も今日から見れば不十分であった。盗賊や難船という不慮の災難もある。戸塚の権太坂上の投込塚は行き倒れの死者が何十人も葬られた。旅中必ず携帯する道中手形には「万一病死等の節は、其所の作法の通り御取り計らいなさるべく候」の一節が必ず書き加えられていた。死は予想されるものとして、その際の処置を一任しているのである。権太坂の行き倒れも、この土地の「作法」によって葬られたのであったかもしれない。

芭蕉もかつて旅立った時、「野ざらしを心に風のしむ身かな」という句を詠んでいます（『野ざらし紀行』）。

「野ざらし」とは、野にさらされた骸骨、髑髏のこと。たとえ旅の途中で行き倒れになり、「野ざらし」となったとしてもかまわないという覚悟がこめられた句なのです。東海道に比べて人の往き来の少ない東北・北陸の旅路は、まして困難も多かったでしょう。『おくのほそ道』でも、尿前《しとまえ》の関を越えて出羽の国（現在の山形県）に入る山刀伐峠《なたぎり》で、「今日こそは強盗が出るなどの、なにか危険な目に遭うのではないか」とびくびくしながら進み、無事に過ぎたところで、道案内をしてくれた若者が「ここはいつも事故が起きるのですが、今日は何事もなくて幸いでした」と言うのを聞いて、このような旅をすることに芭蕉は改めて恐怖を覚えたとあります。

そんなにも危険なのに、芭蕉は東北へと旅立ったのです。より困難な状況を選んでまで得たかったものが、そこにはあったからでしょう。

自然と触れ合う

ここからは、先に芭蕉の旅の目的として設定した三つのもの――自然と触れ合う、人間と出会う、古人の軌跡を確かめる、について、ひとつずつ考えていきます。

まず第一は、自然との触れ合いということです。

江戸という都市空間では味わえないような雄大な自然に直に接することで、自然の一部としての生命体である自己を回復する。それには、人の往き来が多い東海道ではなく、東北がよりふさわしい。そうすることによって、詩歌で扱われる景物にも新鮮な息吹きを吹き込むことができる。そのように芭蕉は考えたと思うのです。

人間というのは、自然から離れて文化を築こうとする側面と、自然に戻っていって、そこからエネルギーを得ようとする側面の二つを持っています。この両極を振り子運動するように揺れ動きながら、人間の文化は形作られてきました。自然を目の当《ま》たり《あ》にして、根源的なにかを揺り動かされることで、今まで気づかなかったようなすばらしい詩への想像力を得たい、そういう願望がこの時の芭蕉にはあったのでしょう。

さきほど挙げた「夏草や兵どもが夢の跡」「閑かさや岩にしみ入る蟬の声」「五月雨をあつめて早し最上川」「荒海や佐渡に横たふ天の河」などの絶唱は、そのような自然への感動を基盤として詠まれたものです。

また、『おくのほそ道』冒頭でも、ぜひ行きたいと記されている松島は、現在でも宮城県仙台市から東へと足を伸ばせば、その美しい景色を堪能することができます。三百年以上も前に訪れた芭蕉もここで大変に感動しました。『おくのほそ道』では、

島々の数を尽くして、欹《そばだ》つものは天を指さし、ふすものは波に匍匐《はらば》ふ。あるは二重にかさなり、三重に畳みて、左にわかれ、右につらなる。負へるあり、抱けるあり、児孫《じそん》愛すがごとし。

(数多くの島々が存在していて、高く聳《そび》えている島は天を指さしているかのよう、横に伏している島は波の上に腹ばいになっているかのようである。ある島は二重に、ある島は三重に重なり合っていて、左の方の島は離れ離れだが、右の方の島はつながっている。背負っているような島もあり、抱いている島もあって、それらはまるで人間が子や孫をかわいがる様子に似ている。)

松島の夜明け（宮城県宮城郡松島町）

などと描かれています。たくさんの小さな島によって形成されている松島という地の特徴的な美しさを、手をかえ品をかえ、これでもかと描写します。他の箇所に比べて漢文調の対句が多く用いられていますが、これは芭蕉がいっそうの力をこめて描写したためなのです。この松島の場面では、芭蕉の句は挙げられず、同行した門人曾良《そら》の句「松島や鶴に身をかれほととぎす」のみが記されていますが、これも〈松島の風景があまりにすばらしいため絶句した〉ということを示すための演出です。

人間と出会う

第二に、人間との出会いということです。江戸に住んでいるだけでは会えないような人たちと触れ合って、江戸にいた時とは違う心の持ち方を模索する。そのような経験も、芭蕉の詩心に新たな風情を付加することになりました。

もちろん、行く先々の人たちに会うということは、多くの門人を率いている俳諧師として、さらに勢力を拡大することにもつながったでしょう。また、旅の宿を提供してもらったり、道案内をしてもらうという、より現実的な利点もあったはずです。

しかし、それだけではなく、自分とは異なる環境に住んでいる未知の（あるいは旧知であっても久々に会う）人間との触れ合いに対して、自己の感性を高める契機として芭蕉は大いに期待していたのだと思われます。具体的には、一体どんな人なのだろうという好奇心、怪しい人ではないのかという警戒心、ふだん出会えないような人に会えたという喜び、すぐにやって来てしまう別れの悲しみなどというものが、芭蕉の感情に江戸にいた時よりも大きな振幅をもたらしてくれるということです。そのことが、詩歌を作る際の気持ちにも高次の何かを植え付けてくれるのです。

特に、正直で純朴な人たちとの邂逅は新鮮だったようです。

日光では「仏《ほとけ》五左衛門」という人物がいました。

あるじの云ひけるやう、「我が名を仏五左衛門と云ふ。万《よろづ》正直を旨《むね》とする故に人かくは申し侍るまま、一夜の草の枕も打ち解けて休み給へ」と云ふ。いかなる仏の濁世塵土《ぢよくせぢんど》に示現《じげん》して、かかる桑門《さうもん》の乞食《こつじき》順礼ごときの人をたすけ給ふにやと、あるじのなす事に心をとどめてみるに、唯《ただ》無智無分別にして正直偏固《へんこ》の者也。剛毅木訥《がうきぼくとつ》の仁に近きたぐひ、気稟《きひん》の清質、尤も尊ぶべし。

（その宿の主人が言うには、「私の名前を仏五左衛門と言います。万事につけて正直を第一としておりますので、人がそう申しますから、今宵一夜の旅寝も、くつろいでお休み下さい」と言う。一体どのような仏様が、この濁り汚れた現世に仮の姿を現わされて、このような僧侶の姿をした、乞食か順礼のような私たちをお助け下さるのだろうかと、主人の振舞いを気をつけて見ていると、小賢しい知恵や分別がなくて、ただもう正直一点ばりの人なのである。『論語』に言う、「剛毅木訥、仁に近し」の類の人で、生まれつきの清らかな気質は、もっとも尊ぶべきものである。）

「仏」という名を冠せられているからには、どんな立派な人なのだろうかと思って注意して観察してみたが、ただ「無智無分別」なだけであったというのです。つまり、拍子抜けしたわけです。ただし、そのことに芭蕉は決して落胆しているわけではありません。こちらが期待していた、仏様もかくやというような聖人は、そこにいなかった。けれども、「無智無分別」といった、江戸にいたら馬鹿にされそうな性質が、じつは人間として一番大事なことなのだ、それが日光にはあった、という発見の気持ちがそこでは表現されています。

人間との出会いに触発されて生まれた句としては、「あやめ草足に結ばん草鞋《わらぢ》の緒《を》」「塚も動け我が泣く声は秋の風」などが代表的でしょう。

前者は、出発する頃がちょうど端午の節句なので、季節ゆかりのあやめをその草鞋に結ぼうという句。仙台の画工加右衛門（俳人でもある）が餞別《せんべつ》としてくれた草鞋を句にして、彼への感謝の気持ちを詠んだもの（句の成立は旅行後の可能性が高い）です。後者は、芭蕉が来るのを心待ちにしながら死んだ金沢の俳人一笑の墓に詣でて詠んだものです。

自然や人間本来のありかたに触れることは、江戸にいたとしてもある程度可能です。しかし、旅に出たという心躍る気分や緊張感が、それらへの感覚を研ぎ澄ましてくれもしたのでしょう。実際、旅中における自然や人間のありかたは、江戸におけるそれよりも本来性を保った、いわばむき出しのそれであったでしょうが、そのことだけではなく、芭蕉の心の側にもそれらを鋭敏に受けとめる準備ができていたのです。

そして、自然や人間の本来性に触れることで芭蕉自身も本来のありかたを自己の中に回復し、〈自分がいまここにある〉ことの意味を確かめる機会にもなったのです。

古人の軌跡を確かめる

第三に、古人の軌跡を確かめるということです。芭蕉はこの旅で多くの歌枕（古歌に詠まれた名所）を探訪し、自分より何百年も前に生まれた多くの文学者たちの軌跡を辿り歩いています。

自然・人間と触れ合うことが空間的な自己の存在確認だとするなら、古人の足跡を確かめ、そこに思いを寄せることは、歴史的存在としての自己を確認する作業でした。『おくのほそ道』のなかでも、とりわけ重視されているのが、新古今集歌人の西行（一一一八〜九〇）です。西行は、もともとは武士でしたが、二十三歳の時に出家し、生涯を旅に生きて、多くのすぐれた和歌を残しました。彼の作品としては、

心なき身にもあはれは知られけり鴫《しぎ》立つ沢の秋の夕暮　（新古今集・秋上）

年たけてまた越ゆべしと思ひきや命なりけり佐夜の中山　（新古今集・羇旅歌）

願はくは花のしたにて春死なむその如月《きさらぎ》の望月のころ　（続古今集・雑上）

などがよく知られています。

芭蕉は西行の作品とその生き方に憧れ、西行の歌が詠まれた地を訪れては感慨にふけっています。たとえば、蘆野の里（栃木県那須郡那須町芦野）では西行が「道のべに清水流るる柳かげしばしとてこそ立ち止まりつれ」（新古今集・夏）と詠んだ柳に、種《いろ》の浜《はま》（福井県敦賀湾北西部の海岸）では西行が「汐染むるますほの小貝拾ふとて色の浜とはいふにやあるらん」（山家集）と詠んだ小さな貝に心を寄せます。それぞれ「田一枚植ゑて立ち去る柳か

な」「浪の間や小貝にまじる萩の塵」という句を作りました。

ここでは、蘆野の里についての記述を挙げておきます。

又、清水ながるるの柳は、蘆野の里にありて、田の畔《くろ》に残る。此所の郡守、戸部《こほう》某の、「此柳見せばや」など、折々にの給ひ聞え給ふを、いづくのほどにやと思ひしを、今日此柳のかげにこそ立ちより侍りつれ。

「清水流るる」の柳の芽吹き（栃木県那須郡那須町芦野）

（また、西行が「清水流るる」と詠んだ柳は、蘆野の里にあって、田の畔に残っていた。この地の領主、民部〈戸部〉某が、

「この柳をお見せしたいことです」などと、折に触れて言われたのを、どのあたりにあるのだろうかと思っていたが、今日この柳の木陰に立ち寄ることができたことだ。）

「清水ながるるの柳」は「いづくのほどにや」と、西行が歌を詠んだ柳に思いを馳せ、そこに自分も佇《たたず》み、西行の思いを追体験しようとする姿がここにあります。

他にも、江戸での出発時、須賀川《すかがわ》（福島県）、笠島（宮城県）、汐越《しおごし》の松（福井県）、終着点の大垣などで西行に思いを馳せており、西行思慕はこの紀行文にバランスよく配され、読む者に強く印象付けられています。

西行と同じくその地に立つことができたという一体感による精神性の高まりは、江戸にいて西行に憧れているだけでは得られなかったものです。そのように西行を追体験することで、芭蕉は自らの詩心を掘り起こそうとします。これも旅の重要な目的の一つでした。

さて、このように古い人物や出来事に思いを寄せるというのは、どのような心の動きによるものなのでしょうか。

そもそも人間の一生というのは、人間の歴史全体から見れば、ほんの一瞬のことです。しかし、古人の魂に触れ、歴史的な時間に思いをいたし、そこに自らの身を寄せていくことで、自己の精神が〈永遠〉に触れることが可能になります。すなわち、歴史的存在としての自己を確認することによって、存在のはかなさから生じる不安感や孤独感に捕らわれている状況から脱することができるのです。それも、人間の本来あるべき姿——本来性を獲得するための一つの方途と言えるでしょう。

しかし、そのような精神活動がうまく機能するには、それなりに思い入れの深い人物や出来事に思いを投影しなくてはなりません。心が大きく揺り動かされないと、そこで得られた存在意義もきちんと定位されないのです。芭蕉の場合、それが西行であったというわけです。

手放すことで得るもの

以上述べてきたように、空間的に（自然や人と出会う）、あるいは時間的に（古人の軌跡をたどる）、自己の本来性を見出し、自己のよって立つべき場を確かめることが、芭蕉が旅立った目的でした。

そして、それらは、それまでの自分が持っているものをいったんすべて惜しげもなく捨てて、未知の旅路をさまようことによって、初めて得られるものでした。

『徒然草』百八十八段「ある者、子を法師になして」で兼好が、碁をたとえにして述べています。三つの石を捨てて十の石を取ろうとすることは簡単だが、十の石を捨てて十一の石を取ろうとすることはむずかしい。でも、そこで十の石を惜しんでは、結局中途半端になってしまって、結果的にはなにも得られなくなってしまう。そうではなくて、本当に得たいと思ったなら、今まで持っている十の石をすべて捨てる決意をしてまでも十一の石を取りに行くべきなのだと。

芭蕉も、いろいろなものを捨ててきました。俳諧宗匠としての安定した収入や、街中での便利な暮らし……。困難に立ち向かい、厳しく自己の本来性を求めて漂泊したことで、より高次の自己認識を得ることができたと言えるでしょう。その結実が『おくのほそ道』という作品なのです。

滑稽さという視点

ただし、今まで描いてきた私の芭蕉像は、少し求道的過ぎるかもしれません。

たとえば、先ほど触れた仏五左衛門の場面を、尾形仂《つとむ》『おくのほそ道評釈』(角川書店二〇〇一年)は、次のように述べています。

「あるじのなす事に心をとゞめてみるに」とは、(中略)真顔で冗談を言っているのだ。「唯無智無分別にして、正直偏固の者也」という文脈の中には、仏の示現への期待が破れ、一介の愚昧《ぐまい》な変わり者を見いだした時の、失望と軽侮の入り交じった微苦笑ともいうべき笑いがある。(中略)「無智無分別」を、いちずに五左衛門の律義ぶりをたたえたことばと取るのは、表裏二義を複雑にからませた〝俳諧〟の微妙な笑いを無視した解といわなければなるまい。

大変に立派な宗教的境地をあれこれと勝手に想像していたら、なんのことはない、ただ「無智無分別」だった、あんなに期待したのは何だったのだろうというふうに、笑いの要素を加味し、自己を含めて戯画化している部分があるというのです。最近では、深沢眞二氏が『風雅と笑い　芭蕉叢考』(清文堂出版　二〇〇四年)のなかで、もっと滑稽を重視すべきだと主張しています。

そもそも「俳諧」ということば自体、滑稽や諧謔《かいぎやく》を意味するものでした。そして、和歌に代表されるような雅びで上品な美しさに対抗して、もっと俗っぽい笑いを醸し出すことも、俳諧師としての真実にたどり着くための真剣な試みのひとつでした。

そういう意味では、必死に生きることの意味を求めようとした求道的な部分と、肩肘張《かたひじ》らず滑稽さを追究した部分をバランスよく捉えることも、『おくのほそ道』という作品世界を把握する上で必要なことなのです。

コラム　蕪村と一茶

第四章では芭蕉を扱いましたので、同じ江戸時代の俳人蕪村と一茶についても一句ずつを取り上げ、こんなふうにも考えられるんだという例を示してみたいと思います。

蕪村（一七一六〜八三）の有名な句に、

菜の花や月は東に日は西に

というのがあります。句の意味は、菜の花が一面に輝くように咲いているなか、時刻は夕暮れ時になって、東からは月が昇り、西には太陽が沈んでいくことだ、となります。ちなみに、夕方に東の空に出るのは、満月の頃の月です。つまり、東から昇ってくるのは白く丸い月で、それが赤々と燃えるような夕日に対置されているわけです。

描かれている光景を想像してみると、中央に菜の花畑、一方に昇る月、一方に沈む太陽というような、対照性の際立った立体的な図像が脳裏に浮かび上がってくるのではないでしょうか。色という意味でも黄・白・赤と多彩で、構図・色彩ともに印象鮮明な一句と言えるでしょう。それもそのはず、蕪村は俳人というだけではなく、画家でもあったのです。しかも余技で絵を描いていたのではなく、一流の画家でした。ですから、彼の句には詠まれた光景がありありと浮かんでくるような作品が多くあります。たとえば、

ほととぎす平安城を筋違《すぢかひ》に

という句は、ほととぎすが京都の町（平安城）を斜め（筋違）に飛び去っていくさまを詠じたものです。京都の町は碁盤の目のように整然と区画されています。その上をほととぎすが斜めの方向へと一直線に飛んでいくわけです。この句は、それをさらに上方から眺めて、そのような幾何学的な構図を確認するという趣です。実に大胆で斬新、画家ならではの発想ではありませんか。

さて、「菜の花や」の句に話を戻しましょう。以上のように画家としての特性が発揮されている一方、この句は完全に蕪村のオリジナルではないという指摘もなされています。

丹後（現在の京都府北部）に伝わる民謡に、

与謝蕪村（栗原信充画　国立国会図書館ホームページより）

月は東に、昴《すばる》は西に、いとし殿御《とのご》は真中に
（「山家鳥虫歌」）

というのがあります。ここでは、中央に恋しく思っている殿方、東と西に月と昴星が配されています。なあんだ、ずいぶん似ている句があるんだなと思われるかもしれませんが、ちょっと待って下さい。たしかにこの民謡もそれなりに図像的ですが、蕪村はそこに二つの工夫を加えて、さらに構図に磨きをかけています。

一つ目の工夫は、「殿御」を「菜の花畑」に変えたところです。人間が句の中からいなくなって、自然物だけになりました。結果として叙景的な感じが増しています。「殿御」が描かれていれば、その人へのいとおしさという人間的な感情が入ってきます。それはそれで、文学の大事な題材なのですが、この場合はそのような感情は冷静に排除され、自然物の美しさだけをクローズアップすることで、光景そのものが持つ客観的な美を表現しようとして成功しています。

もう一つの工夫は、「昴」を「日」に変えたことです。「月」と「昴」が対照されているよりも「月」と「日」が対照されている方が、なぜ構図的にまさっているのでしょうか。それは、たとえば天照大神《あまてらすおおみかみ》は日の女神で、その弟は月読尊《つきよみのみこと》であるというように、日本文学の伝統の中で、空に浮かぶ星としては「月」と「日」という二者こそが最も重要なものとして認知されてきたからに他なりません。月と対等なものは日しかなく、日に対等なものも月しかありません。つまり、月・昴を月・日と変えたことによって、堂々とした左右対称の光景が描き出せるわけです。画家兼俳人のすぐれた審美眼がそこにはあります。「山家鳥虫歌」という人々になじみの民謡を用いても、そこに自分らしさを投影させる。その好例が「菜の花や」の句なのです。

つづいて、一茶（一七六三〜一八二七）の句。こちらは、ひとつしか答えがないように思っていた句にもいろいろな解釈が成り立つという例としてあげます。

雀の子そこのけそこのけ御馬が通る

という句は有名なので、皆さんご存知だと思います。

季語は「雀の子」、これは晩春の季語です。「そこのけ」というのは、もともとは大名行列で「そこを退き去れ」と言って民衆を遠ざける時に用いられた格式ばったことばでした。狂言「津島祭《つしままつり》」にある「馬場退《の》け馬場退け、お馬が参るお馬が参る」という表現を踏まえているという説もあります。

おおよその句意は、雀の子よ、そこをどきなさい、お馬さんがお通りだ、というのでしょう。しかし、この句の解釈には先に述べたように諸説があるのです。

ここでは、そのいくつかを紹介してみましょう。まず川島つゆ『一茶俳句新釈』（紅玉堂書店　一九二六年）では、

> 畦道《あぜみち》などに雀の子が三々五々下り立つて居る中を、馬曳《ひ》いて行く人の親しげな気持。或は、傍観してゐる人の稍々《やや》はら〳〵した気持が感ぜられる。

とあります。これだと、たんなる馬と雀の子の日常的な関係ということになります。それに対して、勝峯晋風『一茶名句評釈』（非凡閣　一九三五年）では、

子供が竹か木の棒をまたいで馬ごつこしてゐる。それがお殿様のお通りだぞ。「雀の子、そこのけ〳〵」と馬上を気取る子供自身が呼びかけた様にした作意にも解釈される。

とあります。この説だと、馬が実際にいるのではなくて、竹馬などにまたがって遊んでいる子どもが雀の子に向かって言ったという内容になります。ユーモラスな雰囲気も漂って、のどかな光景の句として把握されています。

ところが、黄色瑞華《おうしきずいけ》『小林一茶』(新典社 一九八四年)は、次のように述べています。

「御馬」は支配者階級たる武家の馬。その「御」という文字に、支配者の権力が象徴的に表現されている。それに対する「雀の

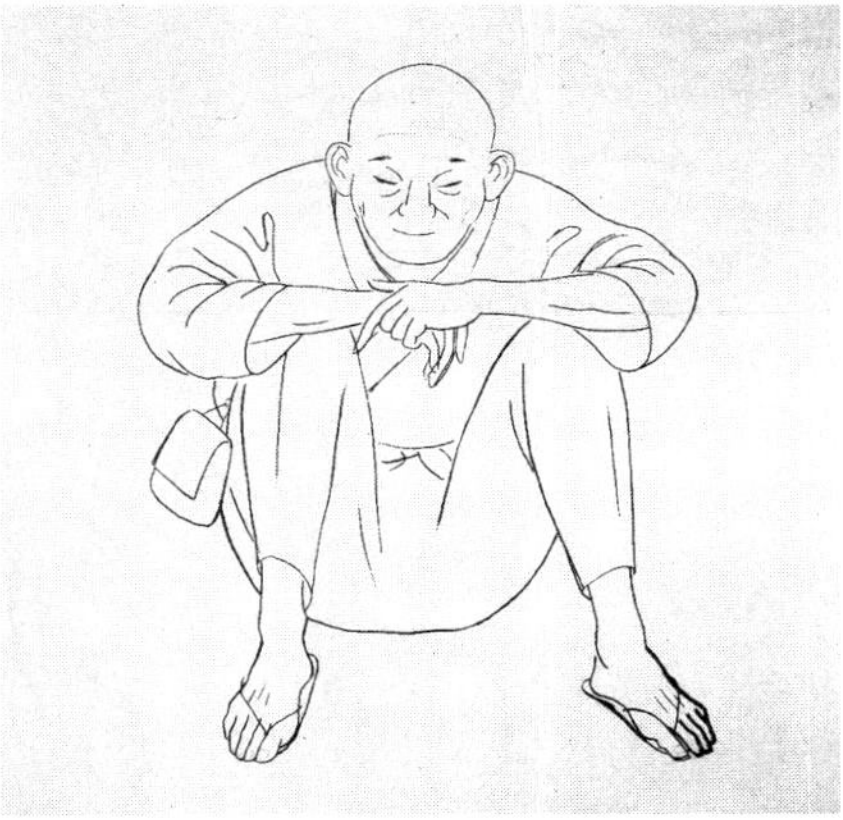

小林一茶(安田靫彦画)

子」、それは被支配者の位置や力を象徴するものと見てよかろう。街道の両端に土下座して、武家の行列を見送る農民の姿は、まさに「雀の子」にも比すべく、あわれにも小さいのである。

ここでは、馬と雀の子という関係を武家と農民という関係に置き換えているわけです。最初に述べたように「そこのけ」の本来的な語義は大名行列の際の人払いにあったわけですから、この黄色氏の説はそもそものことばの意味にまでさかのぼって捉えたものと言えるでしょう。ただ、ちょっとぎすぎすしているというか、ここまで〈支配者の民衆への抑圧〉という社会的な図式を読み取る必要があるのかどうか、少し疑問に思ってしまいます。

私としては、本当の馬ならぬ竹馬に乗った子どもが、雀の子相手に「そこのけそこのけ」と得意そうにえばっている、おどけた感じも汲み取れる光景という解釈が中庸を得ていて、落ち着きます。

ただ、文学の解釈には学校の試験のような唯一絶対の正解があるわけではないのです。この一茶の「雀の子」という句に存在する多様な解釈は、いくつもの解をあてでもないこうでもないと考える楽しみを私たちに与えてくれます。そんな面白さも大切にしてほしいと思っています。

第五章　『竹取物語』

――伝承を乗り越えて

『竹取物語』は、平安前期（おそらく九世紀末頃）に成立したとされています。『源氏物語』の中で「物語の出《い》で来《き》はじめの祖《おや》」とされる、最古の物語です。「かぐや姫」のお話として、子どもの頃に親しんだ人も多いでしょう。実際に原文を読んでみると、文学作品としても完成度は高いのです。

そのあらすじを一応確認しておきます。

竹取の翁が竹の中から、三寸（約九センチ）ほどの小さな子どもを発見します。その子（かぐや姫）はやがて美しく成長し、翁は長者になりました。かぐや姫の美しさに多くの男たちが夢中になり、なかでも五人の貴公子たちが熱心に求愛しました。かぐや姫は彼らに五つの難題（それぞれ仏の御石の鉢、蓬萊の珠の枝、火鼠の皮衣、龍の頸《くび》の珠、燕《つばくらめ》の子安貝）を課し、結局彼らは全員その課題を達成できません。

そののち、帝がかぐや姫に求婚します。かぐや姫は、自分が月の都の人間であることを告白し、月からは彼女を迎えに使者がやって来ます。帝は武士を派遣して抵抗するものの歯が立たず、かぐや姫は天に昇って行きました。

帝は悲しみのあまり、かぐや姫が残した不死の薬を、天に最も近い山の頂上で焼かせました。

ところで、最古の物語といっても、その中身は作者のオリジナルのみで構成されているわけではありません。本書でしばしば述べてきているように、表現とか発想はいつでも受け継がれながら、新しい創造がなされていくのです。

『竹取物語』の場合には、口承で伝えられた多くの古い伝承が、記述される文学作品として結実したものと考えられています（柳田國男「昔話と文学」『定本柳田国男集』第六巻　筑摩書房　一九六三年所収、高橋宣勝『語られざるかぐやひめ』大修館書店　一九九六年など）。

その伝承の型は、物語の冒頭にすでに顕著です。まず、冒頭の原文を引きます。

今は昔、竹取の翁といふものありけり。野山にまじりて、竹を取りつつ、よろづの事に使ひけり。名をば、さかきの造《みやつこ》となむいひける。その竹の中に、もと光る竹なむ一筋ありける。あやしがりて、寄りて見るに、筒の中光りたり。それを見れば、三寸ばかりなる人、いとうつくしうてゐたり。翁言ふやう、「我が、朝ごと夕ごとに見る竹の中におはするにて知りぬ。子になり給ふべき人なめり」とて、手にうち入れて家へ持ちて来ぬ。妻の女《めおうな》にあづけてやしなはす。うつくしきこと、かぎりなし。いと幼なければ、籠《こ》に入れてやしなふ。

竹取の翁、竹を取るに、この子を見つけて後に竹取るに、節を隔てて、よごとに黄金《こがね》ある竹を見つくること重なりぬ。かくて、翁、やうやう豊かになりゆく。

だいたいの意味も掲げます。

(今はもう昔になってしまったが、竹取の翁と呼ばれる者がいた。野山に分け入って竹を取ってはいろいろなことに使っていた。名を、「さかきの造」といった。翁の取ろうとする竹の中に、根もとの光る竹が一本あった。不思議に思って、近寄って見ると、筒の中が光っている。その筒の中を見ると、三寸ほどの人がたいそうかわいい姿で座っている。翁が言うには、「私が毎朝毎晩眼にする竹の中にいらっしゃるので、わかりました。私の子におなりになるはずの人のようです」と、手の中に入れて、家へ持って帰った。妻の嫗《おうな》にまかせて育てさせる。かわいいことは、この上ない。たいそう小さいので、籠に入れて育てる。

竹取の翁が竹を取る時、この子を見つけてから後に竹を取ると、節と節との間に黄金の入っている竹を見つけることが重なった。こうして、翁は、しだいに豊かになっていく。)

小さ子説話

ここで注目したいのは、竹の中に少女がいたということもさる事ながら、その大きさが「三寸ばかりなる人」だったということです。この、普通では考えられないほど小さいということには、大変大きな意味があります。

「一寸法師」という、有名な話があります。こちらは「一寸（約三センチ）」だから、かぐや姫よりもさらに小さいのです。子どものいない老夫婦に授かったという点も『竹取物語』と共通しています。一寸法師の場合は、住吉明神のご加護によってこの老夫婦のところへやって来ました。なかなか大きくならない彼は、お椀を船にして旅立ち、鬼が島の鬼を退治し、「打ち出の小槌」の一振りによって立派な若者になりました。

かぐや姫や一寸法師のような異常なほど小さくして誕生した子どもが普通ではありえない能力を持っているという話は、古代伝承の世界からあって、それらは「小さ子説話」と呼ばれています。彼らは、神の子としてこの世に生まれ、人々に幸福をもたらすものとされました。竹取の翁も、この少女を得た後、黄金をたびたび見つけるようになります。

「小さ子」が神の子であるというのは、たとえば一寸法師が住吉明神のご加護によって生まれたという点に如実に示されています。指から生まれた指太郎が魚に飲まれるものの助け出されて無事家に帰るという民話の「指太郎」でも、子のない老夫婦が神に祈願して小さな男の子を得ています。

籠に入るほど小さなかぐや姫。竹取物語（国立国会図書館蔵）

また、「小さ子」は空洞の器の中から誕生します。かぐや姫が竹の中に見出されるのをはじめ、「桃太郎」が桃から、「瓜子姫《うりこひめ》」が瓜から生まれるのも、その典型です。木をくり抜いて作った、空洞の「うつほ船」は、民俗学では神様の乗り物とされています。

　神の子として、神の器に入った、異常に小さな子どもが誕生して、すばらしい能力を発揮し、まわりの人々に福をもたらす。そのような「小さ子説話」の型がこの『竹取物語』冒頭にも踏襲されているのです。

　さらに、光る神の存在が日本神話に多いことを根拠として、かぐや姫が光とともに登場すること（「もと光る竹なむ一筋ありける」）に神の要素を見出し、「小さ子説話」を加えた全体としての「かぐや姫」のイメージに「始祖神としての像」を認めようとする学説もあります（小嶋菜温子『かぐや姫幻想——皇権と禁忌』森話社　一九九五年）。

二つの古代伝承

さて、『竹取物語』冒頭には「小さ子説話」という伝承の型が色濃く反映されているわけですが、『竹取物語』全体を見渡してみた場合、別の古代伝承の型がより大きな枠組みを提供していることが知られています。伝承の型は、何重にも層をなして、物語を形作ってゆくのです。

その大きな枠組みとは、ふたつの伝承の型によって成り立っています。物語のあらすじに即して、それを提示してみると、次のようになります。

竹取の翁が竹の中から、三寸（約九センチ）ほどの小さな子どもを発見する。その子（かぐや姫）はやがて美しく成長し、翁は長者になる。 → 天人女房説話かぐや姫の美しさに多くの男たちが夢中になり、なかでも五人の貴公子たちが熱心に求愛した。かぐや姫は彼らに五つの難題（仏の御石の鉢、蓬萊の珠の枝、火鼠の皮衣、龍の頸の珠、燕の子安貝）を課し、結局彼らは全員その課題を達成できなかった。

→結婚難題譚

そののち、帝がかぐや姫に求婚する。かぐや姫は、自分が月の都の人間であることを告白し、月からは彼女を迎えに使者がやって来る。帝は武士を派遣して抵抗するものの歯が立たず、かぐや姫は天に昇って行った。

→天人女房説話

つまり、「天人女房説話」が「結婚難題譚」を挟み込むようにして物語全体が構成されています。

では、「天人女房説話」「結婚難題譚」とは、それぞれどのような伝承なのでしょうか。順に見ていきましょう。

天人女房説話

「天人女房説話」の要素は、おおむね以下の通りであると考えられています。
・天女が羽衣を脱ぎ、水浴しているところを、男が発見する。
・男が羽衣を隠してしまったため、天女は男の妻となる。
・天女は子を生む。天女は羽衣を発見し、天へ帰る。
この代表例、『近江国風土記』の「伊香小江《いかごのおうみ》」の話の概略を次に挙げておきます。

近江国伊香の郡、与胡《よご》の郷の南にある伊香小江において、八人の天女が白鳥となって、天から下って水浴びをしていました。伊香刀美《いかとみ》という男がその白鳥を遠くから見て、もしかしたら神かと思って近寄ってみたところ、本当に神でした。伊香刀美はたちまちこの天女たちを愛してしまい、ひそかに白い犬をやって天の羽衣を盗み取らせたところ、最も年下の天女の羽衣を得ることができたので、これを隠しました。その天女は飛び去ることができなくなり、そのまま地上の人となりました。伊香刀美はこの天女と夫婦になり、天女は男二人・女二人を生みました。後に、天女は天の羽衣を探し出して、それを着て天に昇って行ってしまいました。残された伊香刀美は独身を通し、妻を思って歎いてばかりいました。

『近江国風土記』と『竹取物語』の共通点を挙げてみましょう。天女は、『近江国風土記』に「神人《かみ》なりき」とあり、かぐや姫も先に述べたように神の子としての要素を有していました。天女は天の羽衣を失って地上にとどまり、かぐや姫もまた月の都の人だったのが罪を得て地上に降りてきました。天女は男に子を授け、かぐや姫は竹取の翁に富を授けました。やがて、天女は羽衣を発見して天へ帰り、かぐや姫も月から迎えが来て戻って行きます。

骨格はかなり似ている、そう考えてよいでしょう。

結婚難題譚

続いて、「結婚難題譚」ですが、これは、親などが難題を出し、それを克服することによって結婚が許可されるという話のパターンです。

『古事記』において、大国主命《おおくにぬしのみこと》（大穴牟遅神《おおなむちのかみ》）が須勢理毘売《すせりびめ》と結婚しようとする際、須勢理毘売の父須佐之男命《すさのおのみこと》の出した数々の試練を乗り越えていく神話などがよく知られています。

まず大穴牟遅神は、須佐之男命によって蛇のいる室《むろ》に入れられます。しかし、須勢理毘売が蛇を撃退する霊力を持った領巾《ひれ》（女性が肩にかける薄い布）を授けたことによって、大穴牟遅神は困難から逃れることができます。

続いて、彼は呉公《むかで》と蜂のいる室に入れられますが、またしても須勢理毘売が呉公と蜂を撃退する領巾を授けたことによって、無事でした。

最後に、須佐之男命は鳴鏑《なりかぶら》（飛ぶ時に音を立てる矢）を広い野原に射て、それを取ってくるように大穴牟遅神に命じます。大穴牟遅神が野に入ったところで、須佐之男命はその野に火を放ちました。大穴牟遅神は進退極まりますが、鼠がやって来て「内はほらほら、外《と》はすぶすぶ（内側はうつろで、外側はすぼまっている）」と言うので、そこを踏むと、なかが空洞になっていて、その穴に隠れることで彼は助かるのです。

なお、「天人女房説話」は、天女の親が難題を与え、それに成功すると再び夫婦となれる（あるいは、失敗して、夫婦になれない）という話が付加されている場合もあり、そうすると、『竹取物語』全体を「天人女房説話」によってほぼ覆えることになります。

地名起源説話

もうひとつ追加。『竹取物語』において、「帝は悲しみのあまり、かぐや姫が残した不死の薬を、天に最も近い山の頂上で焼かせた」という最後の部分は、その地名がどのような伝説に基づいているかを解き明かそうとする型、いわゆる地名起源説話に基づいています。

「富士」の起源も、不死という音の響きが転じて富士となったという説と、薬を焼くため大勢の兵士が山を登ったため、「士に富む」意によって富士になったという説と、伝わる写本によって理由が異なっています。

この地名起源説話は、「天人女房説話」や「結婚難題譚」に比べると一つ下のレベルの型と捉えるべきものですが、補足としてここに記しておきます。

伝承から離陸するもの――人間的な感情の獲得

もっとも、『竹取物語』において五人の貴公子をめぐる「結婚難題譚」の話では、親ではなくかぐや姫自身が積極的に結婚を拒否するために難題を男たちに課します。そこが、伝承のパターンとは決定的に異なっており、ここに、古代伝承から離陸した、フィクションとしての物語の誕生を見ることもできるでしょう。

個々の人間としての精神的なありように焦点を当てて描き出すことは、物語文学が獲得した特質なのであり、その最も顕著な例を、神性を宿した月の人であったかぐや姫が地上の人間として覚醒していくことに認めてよいでしょう。

たとえば、五人の貴公子の一人石上麻呂足《いそのかみのまろたり》は、求めていた「燕の子安貝」の代わりに「燕のまり置ける古糞」を得てしまった恥ずかしさから病臥します。

「されど子安貝をふと握り持たれば、嬉しく覚ゆるなり。まづ紙燭《しそく》さして来《こ》。この貝、顔見む」と御頭《みぐし》もたげて、御手をひろげ給へるに、燕《つばくらめ》のまり置ける古糞《ふるくそ》を握り給へるなりけり。（中略）貝にもあらずと見給ひけるに、御心地も違《たが》ひて、唐櫃《からびつ》の蓋の、入れられ給ふべくもあらず、御腰は折れにけり。中納言は、わらはげたるわざして止《や》むことを、人に聞かせじとし給ひけれど、それを病にて、いと弱くなり給ひにけり。

（「けれども〈私＝石上麻呂足は〉子安貝をさっと握って持っているので、嬉しく感じられる。ともかくも紙燭〈照明用具〉をつけて来い。この貝の顔を見よう」と頭を持ち上げて、手を広げなさったところ、燕がたれておいた古糞を握っていらっしゃるのであった。〈中略〉貝ではないとご覧になったので、御気分も悪くなり、唐櫃〈大形の箱〉の蓋の中にお入りになれそうもないほど、御腰は折れてしまった。中納言〈麻呂足〉は、子どもじみたことをして失敗に終わったことを、人の耳に入れまいとなさったが、それを病の種として、たいそう衰弱してしまわれたのであった。）

結局このあと石上麻呂足は死んでしまうわけですが、そのことをかぐや姫は「少しあはれ（気の毒だ）」と思うのです。ここに彼女が地上の人間としての感情を持つ者へと変貌し

ていく一齣を見出すことができます。
月からの迎えが来る最後の場面でも、罪を許されて戻っていく彼女は、竹取の翁との別れを歎いて、悲しみに暮れます。ようやく天上世界へ戻れるのだから、もっと喜んでもいいはずなのに、そうではありません。感情というものと無縁の天上人が、地上世界での経験を経ることによって感情を持ってしまったのです。
天人が天の羽衣を着せようとすると、かぐや姫は「しばし待て」と言います。この衣を着てしまうと人間としての感情や記憶はすべて失われてしまいます。着るのは仕方ないとしても、帝に手紙を書いておきたい、そう考えたのでした。

天人、遅しと心もとながり給ふ。かぐや姫、「物知らぬこと、なのたまひそ」とて、いみじく静かに、朝廷《おほやけ》に御文奉り給ふ。あはてぬさまなり。

竹取物語　昇天図（小林古径画　京都国立近代美術館蔵）

（天人は遅いとじれったくお思いになる。かぐや姫は、「物の情を解さないことをおっしゃいますな」と言って、たいそう物静かに、帝にお手紙を差し上げなさる。あわてない様子である。）

天人に対して、物の情を解さないことを言うなと注文を付けるかぐや姫のなんと人間らしいことでしょう。

その少し前、帝がかぐや姫の昇天を阻もうと出兵する場面で、竹取の翁が「月から迎えに来る人々を爪でもって目の玉をつかみつぶしてやる。髪をつかんで、かなぐり落としてやる」といきまいているのを諫《いさ》めて、かぐや姫は言います。

声高になのたまひそ。屋の上にをる人どもの聞くに、いとまさなし。

いますがりつる心ざしどもを、思ひも知らで、まかりなむずることの口惜しう侍りけり。（中略）かの都の人は、いとけうらに、老いをせずなむ。思ふこともなく侍るなり。さる所へまからむずるも、いみじくもはべらず。老いおとろへ給へるさまを見たてまつらざらむこそ恋しからめ。

（大きな声でおっしゃってはなりません。建物の上にいる人たちが聞くと、本当にみっともないことです。これまで頂戴した数々のご愛情をわきまえもしないで、出て行ってしまうことが残念でございます。〈中略〉あの月の都の人は、大変美しく、年を取らないのです。悩み事もなくていられるのです。〈でも〉そのような所へ行きますのも、〈今の私には〉嬉しくございません。〈ご両親様が〉老い衰える様子をお世話してさし上げられないことが〈月に戻ったあとで〉じつに恋しく思われることでしょう。）

年も取らず悩みもない月の世界よりも、苦しみや悲しみの存在する、この世界にとどまれるものならそうしたいという意思を示すかぐや姫の、この主張に、日常のさまざまな出来事にともすればくよくよしがちな私たちはどんなに励まされることでしょう。

ここで、益田勝実「フィクションの出現」（『益田勝実の仕事2』ちくま学芸文庫 二〇〇六年）の、

俗塵にまみれ、悲喜に翻弄されて生きる人間世界の恩愛の絆に苦悶するこの美女に、物語の読み手は、喝采を送りたくなる。人間万歳！ 誰もが脱出したいと思っている世界であっても、愛する者を捨てて、われひとりのがれ出たいとは思わないであろう。人間界、それはなんとふしぎなところであろうか。

という、かぐや姫賛歌を引いておきます。

月の人は悩んだり苦しんだりすることはないということでした。逆に、人間はそのことの繰り返しです。しかし、『竹取物語』の作者は、そのことを否定的に見たりせずに、悩みや苦しみを抱いて生きてこそ価値ある人生なのだと言いたいのです。

また、月の人々の視点を導入することによって、人間らしさが相対的に炙《あぶ》り出されているのだとも言えるでしょう。かぐや姫が人間的になっていく過程を描くことによって、人間の苦悩や弱さにも前向きな評価が付与されていきます。

多くの人々が共感してきたことで形作られた古代伝承という普遍的な枠組みの中に、矮《わい》

小《しょう》で矛盾に満ちた、しかし愛すべき人間的な感情を盛り込もうとする、そこにはじめての物語文学の達成があったと考えられるのです。

『万葉集』との関わり

ここで、『竹取物語』の物語世界とは直接の関わりはないと考えられるものの、先行する『万葉集』の中にも、「竹取の翁」という名の人物が登場することに一応の注意を払っておきましょう。それは、巻十六の以下のような部分です。

昔、老翁ありき。号《なづ》けて竹取の翁と曰《い》ひき。この翁、季春の月に丘に登りて遠望し、忽《たちま》ちに羹《あつもの》を煮る九箇《ここのたり》の女子《をとめ》に値《あ》ひき。百嬌《ひやくけう》儔《たぐひ》無く、花容匹《ともがら》無し。時に娘子等《をとめら》、老翁を呼びて嗤《わら》ひて曰く、「叔父《をぢ》来たれ。この燭火を吹け」といひき。ここに、翁「唯《ゐ》唯《ゐ》」と曰ひ、漸《やうや》くに趍《おもむ》き徐《おもむろ》に行き、座上に著《つ》き接《まじ》はりき。良久《やや》しくして娘子等、皆共に咲《わら》ひを含み相推譲《すいじやう》して曰く、「阿誰《たれ》か此の翁を呼びつる」といひき。すなはち竹取の翁謝して曰く、「非慮の外《ほか》に、偶《たまたま》神仙に逢ひ、迷惑の心、敢へて禁《とど》むる所なし。近づき狎《な》れし罪は、希《こひねが》はくは贖《あか》ふに歌を以てせむ、といふ。

(昔、老人がいた。名を竹取の翁といった。この老人が、春も末の三月に丘に登って遠くを眺めていると、偶然汁を煮ている九人の娘たちに出会った。その愛らしさは比べるものがないほどで、花のような美しい姿はこの上ない。その時、娘たちが老人を呼んでからかって言った、「おじいさん、来てこの火を吹いて下さいな」。そこで、老人は「はいはい」と言って、だんだんゆっくりと近づいて、席についた。しばらくして、娘たちがくすくす笑い、互いに押しつけ合って言うことには、「誰がこのおじいさんを呼んだのよ」。そこで竹取の翁は謝って言った、「思いがけなくも、たまたま神仙の方々にお会いして、途方に暮れる気持ちを押しとどめることができません。なれなれしく近づいた罪を、どうか歌を詠むことでお許し下さい」。)

「竹取の翁」は、ここでは九人の仙女たちに出会い、その美しい娘たちに「おじいさん、来てこの火を吹いて下さいな」と言われてほいほいと出て行き、彼女たちの仲間に入ったという、かなりコミカルな内容になっています。年の離れた男女が戯れる感じには、ある種のエロチックさがあると言ってもよいのかもしれません。これについては、すぐ後でもう少し述べます。

このあと、なれなれしく近づいたお詫びにといって翁が詠む歌は、仙女たちを感動させます。和歌が本来持っていた、神様と交流する力がここに発揮されているのです。

なお、武田祐吉『万葉集全註釈』（改造社　一九四八〜五〇年）は、

竹は、一夜で目立って伸びるので、古人はこれを神秘な植物とし、霊威を感じてゐた。呪力ある物は、竹で作つた。その竹を取る老人といふのは、呪力ある人間を代表する。

としています。つまり、かぐや姫だけではなく、竹取の翁にも神秘的な力が宿されていると言うのです。それは、かぐや姫が「小さ子説話」という伝承に基づいて造型されているのと同様に、竹取の翁というイメージ自体にも神秘性を伴った先行する型があるということなのです。『竹取物語』も、それを援用しているわけです。

また、三谷栄一『日本文学の民俗学的研究』（有精堂出版　一九六〇年）では、翁が詠む歌が「これでも若い頃は」という調子で始まり、それに答える仙女たちの歌が「我は依りなむ」「我も依りなむ」という語で終わっていることに注目し、これが「あなたに身をまかせましょう」という意味を持っていることから、天人への求婚譚といったニュアンスを含んでいるものと考えられています。つまり、両者には性的な交渉があり、求婚者は竹取の翁自身なのです。地上の男が天人と関係を持つという構造だと考えれば、さきほど挙げた

『近江国風土記』の「伊香小江」の話と同様の枠組みを持っているとも考えられるのです。

『源氏物語』へ

最後に、『竹取物語』自体がひとつの話の型となって、後代の物語に取り入れられていくことについて指摘しておきます。

『源氏物語』御法《みのり》・幻巻には、紫の上が死ぬ場面で、天界へもどっていくかぐや姫のイメージが重ね合わされます。御法巻では、紫の上はかぐや姫の昇天と同じく八月十五日に火葬され、天へと昇って行きます（光源氏の最初の正妻葵の上も八月十五日に没していきます）。また、幻巻では、光源氏が紫の上の手紙を焼きますが、これは『竹取物語』の最後で帝が富士山の頂上で不死の薬とともに手紙を焼かせることを踏まえています。そうすることで、「『竹取物語』と同じく、異郷に去った女と地上との手のほどこしようもない隔絶への絶望」（河添房江『源氏物語表現史』翰林書房　一九九八年）を表現しようとしたのです。つまり、月の世界という手の届かない世界へ去ったかぐや姫のイメージを重ね合わせることによって、死後の世界に去った紫の上ともう二度と会えなくなってしまったことが強調され、読者により強く印象付けられているのです。

光源氏が、紫の上から生前にもらった手紙を焼いてしまう場面を引用します。

死出の山越えにし人をしたふとて跡を見つつもなほまどふかなさぶらふ人々も、まほにはえ引き広げねど、それとほのぼの見ゆるに、心まどひどもおろかならず。（中略）いとうたて、いま一際《ひときは》の御心まどひも、女々しく人わるくなりぬべければ、よくも見たまはで、こまやかに書きたまへるかたはらに、
かきつめて見るもかひなしもしほ草おなじ雲ゐの煙とをなれ
と書きつけて、みな焼かせたまひつ。

（死出の山を越えて行ってしまった亡き紫の上を恋い慕って、その筆跡を見ながら、相変わらず思い乱れていることだ。
お仕えする女房たちも、まともに広げてみることはできないが、どうやら紫の上のお手紙らしいと察せられるので、心が迷い乱れることが並一通りではない。〈中略〉まことに情けなく、これ以上取り乱しなさるのも未練がましくもあり、見苦しくもあるに違いないので、よくご覧にもならず、〈紫の上が〉こまやかにお書きになっている脇の所に、
かき集めてみたところで、何も見るかいがない、手紙〈もしほ草〉よ、亡き人と同じ空の煙となるがよい。

と書きつけて、すべて焼かせておしまいになった。)

紫の上の手紙が残っているが、その手紙を読んだからといって彼女が生き返るというわけでもなく、いつまでも悲嘆に暮れる種となるばかりである。人の目にも見苦しく感じられるに違いない。虚無感にとらわれた光源氏は、そう思って紫の上の手紙をすべて焼いてしまいました。

和歌は二首とも光源氏の独詠歌です。二首目において、焼かれる手紙に向かって、あの紫の上がいる天上へと煙になって昇って行くがよいと命じる光源氏の気持ちは、富士山頂で手紙を焼かせる『竹取物語』の帝の気持ちとぴたりと重なり合うのです。

『竹取物語』自体、古代伝承に寄り添って作品が形成されていたのですが、今度は『竹取物語』が物語を作る核となって、『源氏物語』の文脈の中に流れ込んでいる、そう考えてよいでしょう。そのようにして、話の〈型〉は作品から作品へと旅をし続けていくのです。

第六章　『伊勢物語』

——小さな恋の物語

『伊勢物語』は、平安時代前期に成立した歌物語です。「昔男」を主人公とする小さな恋の物語が百二十五も収められています。「昔男」には実在の歌人在原業平《ありわらのなりひら》（八二五〜八八〇）のイメージが色濃く投影されており、当時の「いい男」の典型と考えられていました。

主なものだけでも、元服したばかりの男が春日の里で姉妹を垣間見する「初冠《ういこうぶり》」（初段）、手の届かない場所へ女が去り、独り残された男が慨嘆する「西の対」（四段）、女を奪って逃走するが、女が鬼に食べられてしまう「芥川」（六段）、失意のうちに東国へ下り、八橋でかきつばたを詠み、富士山を過ぎて、隅田川で都鳥を詠む「東下り」（九段）、幼馴染みの男女の愛の行方を描く「筒井筒」（二十三段）、老女との恋を描く「つくも髪」（六十三段）、伊勢斎宮との一夜の契りを描く「狩の使」（六十九段）、惟喬《これたか》親王を雪深い小野に訪ねる「小野」（八十三段）、死を前にして昨日今日のこととは思わなかったと詠む「つひにゆく道」（百二十五段）などがあります。

それらは短いストーリーと、一首ないし数首の和歌によって構成されています。この〈小さな恋の物語〉たちは、コンパクトではありますが余韻にあふれており、後世の人々がそれを核としつつ自在に物語を創造することを可能にしています。

古典作品に多くのネタを供給した源、それが『伊勢物語』なのです。言うまでもなく、それは『伊勢物語』そのものがすぐれた文学作品であるからに他なりません。

そのことを芥川の段を例にとって考えてみましょう。芥川の段は、『伊勢物語』の冒頭ではありませんが、冒頭以上によく知られている場面と言ってよいでしょう。まずは、本文を以下に引用します。

むかし、男ありけり。女のえ得《う》まじかりけるを、年を経てよばひわたりけるを、からうじて盗みいでて、いと暗きに来けり。芥河といふ河を率《ゐ》て行きければ、草の上に置きたりける露を「かれはなにぞ」となむ男に問ひける。行く先多く、夜もふけにければ、鬼ある所とも知らで、神さへいといみじう鳴り、雨もいたう降りければ、あばらなる蔵に、女をば奥におし入れて、男、弓、胡籙《やなぐひ》を負ひて戸口にをり。はや夜も明けなむと思ひつつゐたりけるに、鬼はや一口に食ひてけり。「あなや」と言ひけれど、神鳴るさわぎに、え聞かざりけり。やうやう夜も明けゆくに、見れば、率て来《こ》し女もなし。足ずりをして泣けども、かひなし。

白玉かなにぞと人の問ひし時露とこたへて消えなましものを

これは、二条の后の、いとこの女御の御もとに、仕《つか》うまつるやうにてゐたまへりけるを、かたちのいとめでたくおはしければ、盗みて負ひていでたりけるを、御兄人《せうと》堀河の大臣《おとど》、太郎国経《くにつね》の大納言、まだ下﨟《げらう》にて内裏《うち》へ参りたまふに、いみじう泣く人あるを聞きつけて、とどめて取りかへしたまうてけり。それを、かく鬼とは言ふなりけり。まだいと若うて、后のただにおはしける時とや。

続いてだいたいの意味も記しておきます。

（昔、男がいた。手に入れられそうになかった女を、長い間求婚しつづけたが、やっとのことで盗み出して、たいそう暗い所を逃げて来た。芥川という川のあたりを、女を連れて行ったところ、草の上に置いた露を〈女が見て〉「あれは何」と男に問いかけた。行く先はまだ遠いし、夜も更けてきたので、鬼がいる所だとも知らずに、雷までもがたいそう激しく鳴り、雨もひどく降ってきたことでもあり、戸締りもせずがらんとした倉に、女を奥の方に押し入れて、男は弓と胡簶〈矢を入れる器〉を背負って戸口で警護していた。はやく夜が明けてほしいと思っている間に、鬼があっという間に一口で〈女を〉食べてしまった。「あれー」と〈女は〉言ったけれども、雷が騒がしかったので、〈男は女の声を〉聞くことができなかった。だんだん夜が明けていき、〈男が〉見れば、連れてきた女の姿はない。足ずり〈地団駄〉をして泣いたけれども、どうしようもない。

「あれは白玉ですか、なんですか」とあの方がたずねた時に、「あれは露ですよ」と答えて、露のようにはかなく消えてしまえばよかったのに〈そうすれば、こんな悲しいことを体験せずにすんだのだから〉。

この話は、二条の后が、いとこの女御のもとで、お仕えするようなかたちでいらっしゃったのを、たいそう美人でいらしたために、〈男が〉盗み出して背負って逃げ出していったところ、后の兄の堀河の大臣〈基経〉、長男の国経大納言が、まだ身分も低くていらして、宮中へ参内なさる時に、ひどく泣いている人がいるのを聞きつけて、〈男が連れて行くのを〉引きとどめて、〈后を〉取りかえされたのである。そのことを、このように鬼と言ったのである。二条の后がまだずっと若くて、普通の身分でいらした時のことであるということだ。)

芥川の段の構造

最後に登場する二条の后とは、『伊勢物語』において昔男の恋の相手としてしばしば登場する、実在の人物です。もちろん、『伊勢物語』に書かれていることすべてが史実であるかどうかは疑わしいでしょう。むしろ、事実と虚構がないまぜになっている、そのありようを読者が楽しんできたのです。この場合も二条の后の実像の周辺に、幾重にも虚像が存在していると考えてよいでしょう。

二条の后の本名は藤原高子《たかいこ》、藤原長良《ながら》の娘です。承和九（八四二）年に生まれ、業平より十七歳も年下です。二十五歳で清和天皇の后となり、陽成天皇を産みました（本書22ページ系図参照）。当時としては遅い入内であり、引き延ばされた少女時代に業平との「事件」があったのではないかと考えられています。没したのは、延喜十（九一〇）年、六十九歳の時でした。

彼女が天皇の后となったことには、兄の藤原基経や基経の養父良房らの政略的な意図がありました。藤原氏が天皇の外戚になることで政治権力を手中に収めようという企みの一環だったのです。兄の基経は長良の子で二条の后と同腹ですが、長良の弟良房の養嗣子となり、のちには摂政関白太政大臣にまで出世しました。国経も長良の子で、基経や二条の后の兄なのですが、基経の方が官位が高いため国経より先に名前が挙げられています。

まず、この話の構造について確認しておきます。この話は和歌までの前半と、それ以後の二条の后やその兄らが実名で登場する後半に分かれています。つまり、前半で〈昔男が奪ってきた女を鬼に食われてしまう〉という架空のストーリーをまず提示し、後半で〈男（在原業平）が二条の后を兄基経・国経らに奪回されてしまう〉と種明かしすることによって、じつは鬼が出てくるという怖いことではなくて、人間世界の出来事をそんなお話に仕立ててみたんだよという語り口になっているのです。

前半だけしかないと鬼が存在することを肯定的に捉えていることになってしまいます。あるいは、その方が面白いと感じる読者も多いかもしれません。後半が存在する理由としては、

①前半だけだと、あたかも鬼が実在しているかのような書きぶりになってしまい、それでは年少の読者がおびえてしまうため、実は人間の行為であったという種明かしを添えた、

②いつの世でも、モデルは誰かをつきとめたいという下世話な興味が人間にはあって、それを満たそうとした、

などが一応考えられるでしょう。

芥川の段の魅力

この話自体の魅力について簡単にまとめておきます。

第一に、恋の逃避行というスリルです。逃避行の過程の描写は次から次へと展開が速くてじつにテンポよく、読み手を飽きさせません。二条の后は、やがて后となるべく育てられていました。その彼女をさらって逃げるという行為は、時の権力者藤原家に対する最大の反逆のひとつとなるでしょう。そういう意味でも、非常にスリリングなのです。

第二に、鬼の存在です。古今東西を問わず、怪異性は読者をひきつける重要な要素です。

第三に、和歌が醸し出す抒情性です。白露をめぐる二人のやりとりはとてもロマンチックで、慌ただしい逃避行のなかで女が「あれは何」とつぶやく一言は、彼女の育ちのよさ、逆に言えば世間知らずの一面を読者に印象付けます。そして、逃避行をたんなるドタバタ騒動ではなく、情感豊かなものに仕立てているのです。

さらに、これは『伊勢物語』全体についても言えることですが、なんといっても昔男の情熱的なありかたが感動的です。昔男の恋は、困難なものに敢えて立ち向かうところに、その本質があります。危険を冒してまで、ほとんど不可能に近い恋を成就させようとする昔男の情熱には、恋に対する崇高なまでの真摯《しんし》さを感じずにはいられません。

私は、昔男の恋について考える時、いつもカミュの『シーシュポスの神話』を思い出します。頂上まで押し上げた岩がころげ落ちても、新しい岩に再び挑戦するシーシュポスの行為は、けっしてめげることなく繰り返し恋をする昔男の不屈の精神につながるものです。

『伊勢物語』に出てくる昔男の恋のなかでも、困難さの度合いが強いのは、この二条の后の話でしょう。姫君の意思や立場とは無関係に、男は情熱だけをたよりに行動を起こしてしまうようにさえ見えます。おそらく、姫の意思や立場を考慮したなら、男は最初から恋などできないでしょう。まるで、激しく情熱を掻き立てられるものさえあれば、もうそれで十分だと言わんばかりでもあります。『伊勢物語』のどんな恋の場面においても、困難が伴うにもかかわらず、むしろだからこそ昔男は情熱を燃やしていくのです。

伊勢物語図色紙（伝俵屋宗達画　大和文華館蔵）

人生の栄達とか恋の成就とか、そういう打算や結果は彼にとってじつはどうでもよいのであって、恋に走る瞬間——シーシュポスに即して言えば岩を持ち上げる過程——こそが至上の価値なのではないかと思われるのです。

もう少し普遍的な視点からも述べておくと、この話が有している〈日常性からの逃走〉という点も、この話の魅力でしょう。多くの人々は自己の日常というものを持っていて、そのなかでその人なりの安楽さを保持し、精神の均衡を保っています。それはそれで生きていくためには絶対に必要なことです。しかし一方で、安定した日常の枠組みから抜け出して、新鮮な自分のありどころを見つけたいという願望が湧きあがってくるのもまた、人間の自然な感情でしょう。日常が長く続き変化が少なくなるほど、そういう願望は増していきます。

江戸時代の文学においても、近松の心中物や西鶴の『好色五人女』の女性たちのアバンチュールは、そのような願望の投影に他なりません。『雨月物語』の「吉備津《きびつ》の釜」（本書173ページ）の正太郎が妻磯良《いそら》のもとに落ち着かず、遊女袖のもとに走ってしまうのも、「蛇性の婬」の豊雄が次男坊としての境遇に安住できず、怪しい魅力の真女児《まなご》に性懲りもなく取り込まれてしまうのも、同様のことかもしれません。俳諧師としての安寧を捨てて旅に出た芭蕉も非日常に活路を求めたと言えるでしょう（本書107ページ参照）。

芥川の段は変奏する（一）――『更級日記』

では続いて、芥川の段が後世に用いられていくさまを追ってみましょう。芥川の段がもたらした共通の〈型〉に寄り添いつつ、そこにある変化を加えることで独自色を出していこうとする、古典文学の常套的な手法に注目してください。

まずは、菅原孝標女《すがわらのたかすえのむすめ》が記した『更級日記』です。康平三（一〇六〇）年頃に成立した日記文学で、物語に憧れる少女時代（前半）と、それを悔い、仏教に救いを求めようとする晩年（後半）とが対照的な作品です。前半部では、竹芝寺をめぐる伝説が紹介されています。ここで、そのあらすじを掲げておきます。

竹芝（現在の東京都港区三田あたり）出身の男が徴集されて、宮中で夜番をする小屋につとめていました。庭を掃除しながら、「ふるさとの酒壺に浮かしてある柄杓《ひしゃく》が、風に吹かれてあちらこちらへなびくのも見ないで、どうしてこんなつらい目に遭っているのだろう」と独り言をつぶやいたところ、帝の娘が「私を連れていって見せなさい」と命令しました。そこで、しかたなく男はその姫君を背負って東国に下り、追っ手が来ないように勢多《せた》の橋（琵琶湖南端の橋。京都の東側の出入口）を壊していきました。武蔵の国までたどり着いた二人のもとに、やがて都から使者が訪れますが、姫の頑《かたく》なな態度に帝もなすすべもなく、やむを得ず、この男が生きている限り武蔵の国を預け与えるという宣旨《せんじ》を出しました。彼らの住んでいた跡が、今の竹芝寺です。

高貴な姫君を背負って男が逃走していくという点で『伊勢物語』芥川の段と一致します。

逃走の場面は、

かしこく恐ろしと思ひけれど、さるべきにやありけむ、おひたてまつりて下るに、論なく人追ひて来《く》らむと思ひて、その夜勢多《せた》の橋のもとに、この宮をすゑたてまつりて、勢多の橋を一間《ひとま》ばかりこぼちて、それを飛び越えて、この宮をかきおひたてまつりて、七日七夜といふに、武蔵の国に行き着きにけり。

（恐れ多くまたこわいことだと思っていたが、こうなる運命だったのだろうか、背負い申し上げて東国へと下る時に、間違いなく追っ手がやって来るだろうと思って、その夜、勢多の橋のたもとに姫君をお下し申し上げ、勢多の橋を桁脚の間一つほど壊して、それを飛び越えて、この姫君を背負い申し上げて、七日七夜かかって、武蔵の国に到着したのだった。）

と描かれています。橋を壊した男が、自らはそれを飛び越えて向こう側に去っていく描写は躍動的で、読む方もわくわくします。

ところで、この『更級日記』の竹芝寺縁起は、芥川の段とは異なり、女性が積極的であるという点が独自で面白いところです。『伊勢物語』の姫君には能動的な姿勢は一切見出せません。一方、『更級日記』の姫は自分から男に、酒壺に浮かぶ柄杓を見たいから連れていくようにと命令するのですから、とても前向きです。

芥川の段は変奏する（二）――『今昔物語集』

平安末期に成った説話集『今昔物語集』は、天竺（インド）・震旦《しんたん》（中国）・本朝（日本）の三部に分かれ、一千余の説話を収録します。その巻二十七-七「在原業平中将女、被噉鬼語《おににくらはるること》」は、話も芥川の段とほぼ同様です。そう長くはないので、全文を挙げておきます。

今は昔、右近の中将在原の業平と云ふ人有りけり。極《いみじ》き世の好色《いろごのみ》にて、世に有る女《をむな》の形美《うるは》しと聞くをば、宮仕人をも人の娘をも見残す無く、員《かず》を尽くして見むと思ひけるに、或る人の娘の形・有様世に知らず微妙《めでた》しと聞きけるを、心を尽くして極く仮借《けさう》しけれども、「止《や》む事無《ごとな》からむ聟《むこ》取りをせむ」と云ひて、祖共《おやども》の微妙く傅《かしづ》きければ、業平の中将力無くして有りける程に、何《いか》にしてか構へけむ、彼《か》の女を蜜《ひそ》かに盗み出《い》だしてけり。其れに、忽《たちま》ちに将《ゐ》て隠すべき所の無かりければ、思ひ繚《あつか》ひて、北山科の辺《ほとり》に旧《ふる》き山庄の荒《あば》れて人も住まぬが有りけるに、其の家の内に大きなるあぜ倉有りけり、片戸は倒れてなむ有りける。住みける屋は板敷の板も無くて、立ち寄るべき様《やう》も無かりければ、此の倉の内に畳一枚を具《ぐ》して、此の女を具して将て行きて臥《ふ》せたりける程に、俄《にはか》に雷電霹靂《へきれき》して喤《ののし》りければ、中将太刀を抜きて、女をば後《しり》への方に押し遣《や》りて、起き居てひらめかしける程に、雷《いかづち》も漸く鳴り止みにければ、夜も曙《あ》けぬ。

而《しか》る間、女、音《こゑ》もせざりければ、中将恠《あやし》むで見返りて見るに、女の頭《かしら》の限りと、着たりける衣どもとばかり残りたり。中将奇異《あさま》しく怖しくて、着る物をも取り敢へず逃げて去りにけり。其れより後なむ、此の倉は人取りする倉とは知りける。然れば、雷電霹靂には非ずして、倉に住みける鬼のしけるにや有りけむ。

然れば、案内知らざらむ所には、努々《ゆめゆめ》立ち寄るまじきなり。況《いは》むや宿りせむ事は、思ひ懸くべからずとなむ語り伝へたるとや。

以上ですべてです。『伊勢物語』と比較して、異なっている点をざっと指摘しておきましょう。

まず「白玉か」の和歌を中心とした部分がありません。情緒性・抒情性は、説話には必要ないとされたわけです。かわりに強調されるのは、具体性と怪異性です。具体性という点では、「北山科の辺に旧き山庄の荒れて人も住まぬ」と鬼のいた場が細かく描写され、女の死んだ状況も「女の頭の限りと、着たりける衣どもとばかり残りたり」と生々しく語られます。また「人取りする倉」という場所に焦点を当てていることもそうです。怪異性という点では、陰惨なまでの女の死体の描写はもとより、鬼はじつは人間だったとの種明かしがないため、鬼が存在することになっている点も指摘できるでしょう。具体性・怪異性は、説話というジャンルにとって必然的なことでした。ここでは、逃避行は「ロマンス」ではなく、「事件」なのです。また、最後に「案内知らざらむ所には、努々立ち寄るまじきなり」云々という教訓的な一文が加わるのも、いかにも説話らしいと言えるでしょう。

芥川の段は変奏する（三）――『西鶴諸国ばなし』

江戸時代では、浮世草子作者井原西鶴の『西鶴諸国ばなし』（貞享二〈一六八五〉年刊）をまず取り上げます。序文にある「人はばけもの、世にない物はなし」――人間こそが最も意味不明のもので、探究に値する――という考えに即した三十五話が収められています。

そのうち、「忍び扇の長歌《ながうた》」という話のあらすじを以下に挙げます。

女にはもてそうにない醜男が、花見をしている姫君の姿を垣間見て恋に落ちてしまいました。この姫君は、ある大名の姪に当たる、高貴な身分の女性でした。男は、姫の近くにもぐりこんで勤仕することに成功し、男の思いを知った姫もいつしか心を動かされていき

『西鶴諸国ばなし』より

ます。ある時扇が男に渡され、そこには、どこまでも私を連れて逃げてほしいと姫の筆跡で書かれてありました。逃避行した二人でしたが、待ち受けていたのは貧しく苦しい暮らしであり、さらに男は姫側の追っ手によって捕らえられ、成敗されてしまいます。姫も不義のかどにより自害するよう求められますが、「不義というのは、夫のいる女性が他に男を作ったり、死別したのち再婚することを言うのであって、身分違いの恋を不義とは言いません。あの男を殺すことはなかったのに」と言って出家しました。

姫とともに男が逃走するが、しかし追っ手に捕らえられ悲恋に終わるという話の大枠は、芥川の段と近似しています。そして、醜男とお姫様という取り合わせが、『伊勢物語』の雅びさに対して、ここで表現される俗への落差を大きくしていて、西鶴らしいと思います。その部分は、二十《はたち》あまりの面影、窓のすだれのひまより見えけるに、そのうつくしさ、和国美人揃《ぞろへ》のうちにも見えず。うかうかと付いてまはりける、この男やうやう中小姓ぐらゐの風俗、女のすかぬ男なり。

(二十歳余りの姿が、乗り物の窓の簾の隙間から見えたのだが、その美しさといったら、『和国美人揃』〈日本の昔から今までの美人を描いた絵本〉のなかにも見られないくらいだった。うっとりして付いて廻った男がいて、ようやく中小姓ほどの身なりで、女が好みそうにない容貌の男であった。)

とあります。

醜男でしかも身分の低い男が一生懸命お仕えし思い慕っても、ふつうなら嫌がられこそすれ好かれたりはしないでしょう。ところが、「縁は不思議なり」、このお姫さまは男の尋常ならざる熱意に応えて、「私を連れて逃げなさい」と言うのです。一読するとこれはもうギャグとしか言いようのない出来事のように感じられますが、必ずしもそうとばかりは言えないのです。困難な恋に向かってくじけることなく挑戦する昔男の情熱がここにも乗り移って、この醜男を突き動かし、そうして姫の心をも揺さぶったという側面もあるのだと思います。

もともとなんの準備もない逃避行でしたから、二人はすぐに貧乏になって、なんと姫自身が洗濯までするような暮らしにまで追い詰められてしまいました。逃げる瞬間は二人とも気持ちが高まって夢中なまま時が過ぎて行きますが、二人だけの世界を安定した日常のなかに築き上げるには、その何十倍もの時間を地道に暮らす忍耐力が必要です。『伊勢物語』ではそういうことになる間もなく逃避行は中断してしまうし、そもそも王朝文学の作者には生活の苦労を描くなどということは念頭にないでしょう。しかし、西鶴はそういう現実をも冷徹に描いていくのです。

この話の根本には、身分や美醜という隔たりを越えて、こんなにも人間は情熱的になれるのか、という西鶴の素朴な感嘆とその異常さへの好奇心があると思います。それこそが、『西鶴諸国ばなし』の序文「人はばけもの、世にない物はなし」という思想に則《のっと》るものだったでしょう。

ここでは、男も女もそれぞれのアイデンティティーを保障してくれる場をいとも簡単に捨ててしまいます。しかし、人間というものは本来そういう理不尽なことも仕出かしてしまう動物なのです。そのような出来事を出来事として、それ自体ありのままに見つめ感嘆するところにこそ西鶴の本質があると言えるでしょう。

以上をまとめると、西鶴の作品の独自性は、男は醜男で、女は美人という落差を設定したこと、逃走先での厳しい生活を現実的に描いたことです。前者は恋物語にありがちな美男美女という組み合わせを裏切ったところで、笑いを生じさせるという効果があります。後者の持つ悲劇的な要素とは矛盾するようですが、滑稽味と悲劇とが絶妙に入り交じるところに西鶴の深い人間洞察があります。

芥川の段は変奏する（四）――『雨月物語』

また、同じ江戸時代の作品で、読本作者上田秋成の『雨月物語』（明和五〈一七六八〉年成、安永五〈一七七六〉年刊）は九話の怪談を収めており、よく知られた作品ですが、巻之三－二「吉備津の釜」にも芥川の段は色濃く影響しています。まずは、その概略を途中まで紹介します。

美男だが女好きの放蕩息子正太郎に困り果てた吉備国庭妹《にいせ》の郷の豪農井沢庄太夫は、嫁を貰えば息子の放蕩も落ち着くのではないかと、よい縁談を探し求めました。その結果、嫁にふさわしい女性として、吉備津神社の神主香央《かさだ》造酒《みき》の娘磯良《いそら》が、候補として挙がりました。両家ともに良縁と喜び、結婚の話はとんとん拍子に進んで、香央の家では吉備津神社に古くから伝わる釜の占いをすることになりました。この釜の占いというのは、供え物をして巫女《みこ》が祝詞《のりと》を唱えたのち、煮えたぎらせた熱湯から、牛の吼《ほ》えるような音が鳴ったら吉、鳴らなかったら凶、というものです。そして、結果は凶でした。しかし、香央の家ではそれを黙殺し、正太郎と磯良はついに結婚してしまいます。

正太郎は、結婚後も遊女の袖と心を通わせてしまい、磯良がどんなに尽くしても駄目でした。ついに、磯良は病の床につき、死んでしまいました。そこから、磯良の怨霊の復讐が始まります。まず、袖が取り殺され、正太郎も怨霊に襲われました。陰陽師が言うことには、「四十九日が過ぎれば怨霊もあの世へ行ってしまう。すでに七日たっているのだから、あと四十二日間は、この札を貼って部屋にこもりなさい」とのことでした。そして、正太郎は呪文を体中に書いてもらいました。

そうして、いよいよ陰陽師の言った期限の日が訪れます。ようやく夜明けが近づき、空がしらじらとしてきました。ほっとした正太郎は、油断して家の外へ出てしまいます。

ここは、原文を引用することにしましょう。

戸を明くる事 半《なかば》ならず、となりの軒に「あなや」と叫ぶ声耳をつらぬきて、思はず尻《しり》居《ゐ》に座す。

（戸を半分も開けないうちに、となりの軒で「あれー」と叫ぶ声がするどく聞こえてきて、思わず尻餅をついてしまった。）

尻餅をついたのは、ともに物忌みをしていた彦六という友人。彦六は正太郎の姿を探しますが、どこにも見当たりません。あちらこちらを見回ると、開いている戸のそばの壁に生々しい血が注ぎ流れて地面にまで伝わっています。しかし、死体も骨も見えません。月明かりに見てみると、軒先になにかあります。灯火を捧げて照らし見ると、男の髪の髻《もとどり》（髪を頭上で束ねた所）だけが引っ掛かっていて、他にはまったくなにもありませんでした。

これは、正太郎への恨みによって怨霊となった磯良の最後の復讐だったのです。おそらく正太郎は磯良によって黄泉《よみ》の世界へ引きずり込まれてしまったのです。

この「吉備津の釜」が芥川の段に基づいているのは、井上泰至《やすし》『雨月物語論――源泉と主題』（笠間書院　一九九九年）が指摘しているように、次のような点です。

一、鬼の襲撃
二、鬼の襲来に暴風雨が伴うこと
三、「鬼一口に」食われる被害者に同伴した者が戸口にいること
四、「あなや」という叫び声

そして、私はなにより「あなや」という一語の持つ力をここでは重く見たいのです。この一語のなかには『伊勢物語』の世界にあった情緒と恐怖のイメージが凝縮されています。それを本文に取り込むことで、秋成は自らの作品表現に厚みを持たせたのです。逆に言えば、『伊勢物語』芥川の段の「あなや」には、イメージの広がりを強力に支援する喚起力が備わっていた、あるいは何百年も『伊勢物語』が愛読されていくことでそのようなイメージが醸成されてきたと言うことができるでしょう。

また、『伊勢物語』との違いという点では、ここでは鬼が男性を狙ったということが指摘できます。もちろん、その前に遊女の袖も殺されているわけですが、しかし結末部分の正太郎殺害にもっとも話の重点が置かれていることは言うまでもありません。つまり、女の鬼が男を食い殺すという点が、『伊勢物語』とは逆転しており、『雨月物語』の特徴なのです。

魅力の源泉

以上、『更級日記』『今昔物語集』から、江戸時代の『西鶴諸国ばなし』『雨月物語』に至るまで、長い間にわたって芥川の段は作品成立の際の〈型〉を提供する働きを果たしてきたことがわかります。共同性と個性がつむぎ出すドラマの中核に『伊勢物語』があるのです。

そのような力を持ち得た理由として、一つにはこの話が〈王朝的雅び〉という、日本人が美しいと感じる美意識を濃厚に体現していることがあげられます。

また、もう一つの理由として、そこに〈神秘性〉が加味されていることも見逃しがたいでしょう。

その〈神秘性〉とは、古代的な神話の枠組みの中で醸成されたものと、仏教的世界観の枠組みの中で醸成されたものとに大きく分けられます。

大国主命の神話との関わり

まずは、古代神話の方から考えてみましょう。

『古事記』上巻では、大国主命《おおくにぬしのみこと》の話がかなり重要な位置を占めています。最初、大穴牟遅神《おおなむちのかみ》として登場する大国主命は、稲羽《いなば》の素兎《しろうさぎ》を助けたことで、幸運を掴みます。

そして、須佐之男命の娘須勢理毘売《すせりびめ》と結婚し、父須佐之男命の許可を得るために、課された試練を須勢理毘売の力を借りながら乗り越えていくのでした（本書140ページ～参照）。さらに、須佐之男命の頭の虱《しらみ》を取るふりをしながら、須勢理毘売をなんとか奪おうと一計を案じ、須佐之男命の髪を部屋の椽《たるき》に結びつけて、すぐには動けないようにした上で、須勢理毘売を背負って逃走するのです。その部分は次のように表現されています。

爾《しか》くして、其の神の髪を握《と》り、其の室の椽《たりき》ごとに結び著《つ》けて、五百引《いほびき》の石を其の室の戸に取り塞ぎ、其の妻《め》須世理毘売を負ひて、即ち其の大神の生大刀《いくたち》と生弓矢《いくゆみや》と、其の天《あめ》の沼琴《ぬこと》とを取り持ちて、逃げ出でし時に、其の天の沼琴、樹に払《ふ》れて、地《つち》、動《とよ》み鳴りき。

（そこで、大穴牟遅神は須佐之男命の髪を手に取り、その部屋の椽ごとに結びつけて、五百人がやっと引けるほどの石でその部屋の扉を塞いでしまい、彼の妻須勢理毘売を背負って、すぐに須佐之男命の生大刀と生弓矢と、さらに天の沼琴とを取り持って、逃げ出した時に、その天の沼琴が樹に触れて、大地が鳴り響いたのだった。）

いい気持ちで寝ていた須佐之男命は驚いて起き、すぐに追いかけようとしましたが、椽に結びつけられた髪の毛をほどいている間に、二人ははるか遠くにまで逃げてしまっていました。須佐之男命は、黄泉《よもつ》ひら坂まで追いかけ、大穴牟遅神に向かって呼びかけ、大国主命と名乗って大八島国を隅々まで支配するよう許可しました。

父須佐之男命にすんなりとは娘須勢理毘売との結婚を許可してもらえなかった大穴牟遅

神は、知略と度胸と、そして須勢理毘売の助力によって、なかば強奪するような形で彼女を我がものとし、大国主命として世界を支配する力をも得ることができました。

前の王から無理やり権力を奪うパワーがあるくらいでないと、次の王になる資格がない。娘は、いわば前王の力の象徴。ただおとなしく待っているだけではなにも得られないし、また従順にしていて次の王を禅譲された者には、本来王となる資格などない。この話の本質はそういうことでしょう。

そして、二条の后をさらって逃げた昔男のモデル業平の〈手に入れがたい女を奪って、我がものとしようとする力〉というイメージにも、そのような古代国家の王の資格についてのイメージが、はるか時を経て投影されていると考えてよいでしょう。つまり、業平は、あるべきとされた理想の男性像の系譜に連なるものなのです。

『地蔵菩薩発心因縁十王経』との関わり

仏教的世界観との関わりという点では、「死後の世界で、女性は初めて関係を持った男性に背負われて三途の川を渡る」という伝説と、女を背負った男と恋や川という要素が結びつく『伊勢物語』芥川の段との共通性が注目されます。この伝説は、『地蔵菩薩発心因縁十王経』という日本人によって作られた経典に見られるものです（菊地仁「〈鬼一口〉怪異

譚の変成」『伊勢物語の表現史』笠間書院　二〇〇四年）。

この仏典の影響としては、たとえば『源氏物語』葵巻で、出産を目前に控えて、六条御息所の物の怪に悩まされる葵の上（光源氏の正妻）に対して、もしかしたらもう快復しないのではないかと光源氏が危ぶみ、「たとえあなたと死に別れたとしても、必ず再びお逢いできるのだそうですよ」と彼女に語りかける場面があります。これも、この『地蔵菩薩発心因縁十王経』の伝説に基づいていると言われており、当時の人々にとって印象深いものであったようです。

神話や仏典といった〈神秘性〉を伴った感覚が、〈王朝的雅び〉の美しさに加わった時、愛する女性を背負って逃走するというこの〈小さな恋の物語〉は、人々に感動を供給する磁力を持つものとして完成したのです。

〈型〉の生成と展開

以上のことを、ここでもう一度時間軸に即してまとめ直しておきましょう。

平安時代前期の歌物語『伊勢物語』芥川の段における、高貴な女性を奪って男が逃走するという〈小さな恋の物語〉の王朝的雅びをまとった〈型〉は、神話的な世界（『古事記』）と仏教的な世界（『地蔵菩薩発心因縁十王経』）からの影響によって神秘性をも付与され、後代の作品に発想の基盤を提供する強力な力を得ました。

影響を受けたいずれの場合も、芥川の段という〈型〉は作品の基底に据えられていて、人々が感動する共通の枠組みを構造的に支えています。『更級日記』では、女性の積極性という点が変化し、『今昔物語集』では情緒性・抒情性がそぎおとされて具体性・怪異性・教訓性が増します。『西鶴諸国ばなし』では醜男という滑稽感と日々の暮らしという現実的な悲劇が加わり、『雨月物語』では「あなや」という一語が効果的に用いられます。

何百年もの間、人々が感情移入してきた物語の〈型〉を用いることで、読者があらかじめ一定の共通理解をもって作品に臨むことを可能にしてきたのです。

「この話は、あのパターンと似ているな。最後まで同じで行くのだろうか」

そんなことを心のどこかで感じながら、初めて読んだ話よりもよりスムーズに感動への階段を昇って行くことができるのです。

一方、共同性を認識しているからこそ、それぞれの差違にも敏感になることができます。

「あれっ、こうなるかと思ったら、ここに違いがあるな。そうすると、このあとどうなるのだろう」

〈共同性と個性〉の多彩なありかたを楽しむこと、これこそ古典文学の醍醐味なのです。

共同性と個性

さて、ここまで述べてきたのは、主として古典文学の歴史内部における相互関係でした。しかし、このような関係は古典文学の特徴であると同時に、近代以降にも受け継がれて、今の私たちにまでつながっていくものです。

近代文学には、古典文学とは大きな違いがいくつかあります。たとえば、

・心理描写が精密になっていくこと。

・個人による独創が重んじられていくこと。

などです。いずれも、明治時代以降、西洋の文学からの本格的な影響によるものと言ってよいのでしょう。

しかし、当然のことながら、時代が江戸から明治へと移り変わったからといって、生身の人間ががらりと変わってしまったわけでもなく、文学の特質も脈々と継承されていくものがありました。古典から近代へ、まったく異なるものに変化したわけではないのです。むしろ、人々に感動を与える源泉のようなものはさほど変わっていないのではないかと、私自身は感じています。

古典に学んだ近代の名作としては、たとえば森鷗外の「山椒大夫」「高瀬舟」、芥川龍之介の「鼻」「羅生門」「地獄変」などをはじめ、有名なものをいくつも列挙することができるでしょう。近代の作家たちは、古典文学にもおおいに通暁《つうぎょう》していました（島内景二『文豪の古典力』文春新書　二〇〇二年）。

「斜陽」「人間失格」といった頽廃《たいはい》的な内容の小説が代表作のように言われがちな太宰治ですが、彼の真骨頂はさまざまな内容について語る上質のストーリーテラーであることに見出せます。「走れメロス」は日本の中学生が必ず読む教材ですが、文章自体のすぐれた感じは、これからもよく伝わってきます。太宰作品の中ではそれほど有名ではないかもしれませんが、「きりぎりす」という短編集はとてもよくできていると思います。

その太宰にも、江戸時代の井原西鶴に学んだ小説があります。「新釈諸国噺《ばなし》」という作品がそれで、西鶴のさまざまな短編を太宰なりの味付けをして変容させていったものです。その冒頭で、太宰は、

西鶴は、世界で一ばん偉い作家である。メリメ、モオパッサンの諸秀才も遠く及ばぬ。

と記しています。

「新釈諸国噺」を最初に読んだ時、私は高校生で西鶴の原文を知りませんでしたが、それでも十分楽しむことができました。

また、「金閣寺」「潮騒」などの作品で知られる三島由紀夫には、「豊饒の海」という四部作があります。危険な恋に導かれて、結局生命を落としてしまう松枝清顕が、

「今、夢を見てゐた。又、会ふぜ。きつと会ふ。滝の下で」

と言って二十歳で死んでしまうところで、清顕を主人公とする第一部「春の雪」は終わります。彼の転生を友人の本多繁邦が見守るというのが以後の展開なのですが、「春の雪」の末尾には、三島の後註として、

『豊饒の海』は『浜松中納言物語』を典拠とした夢と転生《てんしやう》の物語であり、因《ちな》みにその題名は、月の海の一つのラテン名なるMare Foecunditatisの邦訳である。

とあります。『浜松中納言物語』は平安時代後期の物語です。

一見すると、近代の、あるいは現代の作家たちが書いている小説世界は、古典文学の世界そのものと関わりがないものも多いのかもしれません。ただ、人間の感動のパターンというのは、そんなに変わらないものだとも思うのです。

近代以降に生まれた作家、もしくは読者は、その人だけの力で育ったのではなく、親(もしくは、親代わりの人)によって、ことばや感情を学びながら育ったはずです。そして、その親(もしくは、親代わりの人)もさらに、親などによってことばや感情を学んでいるはずで、そういった世代間の継承によって、人間が感動するパターンというものも必ずや引き継がれているに違いありません。

読者の方々も近代・現代の文学作品の中にさまざまな古典作品の〈型〉を見出してほしいと思います。そうすることが、今を生きる私たちの立っている位置を確かめることにもなるでしょう。私たちは歴史の大きな流れの中の一齣なのですから。

もう少しそのことを考えてみましょう。

今の私たちは「自分らしくふるまいなさい」とか「あなたの好きなふうに自由にやりなさい」とか言われて大人になっていきます。個性主義をよしとする教育観があるわけです。もちろん、そう言われることで救われる場合もあるでしょう。杓子定規《しゃくしじょうぎ》に型にはめようとする教育観も根強くありますから。結果的に野放しにしてしまう個性主義、押し付けるだけの詰め込み主義、どちらにも問題はあります。

おそらく、本当の意味での個性というものは、三十歳、四十歳になってようやく自分自身でもおぼろげに認識できるものだというのが、四十代を半ば過ぎた今の私のほとんど確信に近い感想です。だから、二十歳そこその人たちが個性的でなくても何も問題はないと思います。

もちろん、ある程度のその人らしさというのは、若い時から存在するでしょう。幼時からと言ってもよいかもしれません。でも、それをはっきりと認識できるのは、三十歳を過ぎてからなのかもしれません。

真の個性とは、共同性に寄り添おうとする中でも、どうしても寄り添えずにいるものです。それがわかるのは、長い時間をかけて共同性に寄り添い、それが持つ豊穣な感覚が自己に浸透し、熟成していく過程を経た後だと思います。そういう意味では、共同性の中にこそ個性はありますし、個性の獲得とは、同時に共同性を持ち得たことでもあります。だからといって、まず知識を詰め込みさえすればいいかというと、それも乱暴な話でしょう。やはり、なにかにつけ意味をよく確かめながら身に付けていくことが大事だと思います。

本書がこだわった、多くの人たちの目に触れ、口にのぼり、引用された、有名な古典の冒頭箇所における共同性と個性の分析は、今を生きる私たちが共同性とは何かを考え、それと向き合うにはどうしたらよいか、という問いに対する私なりの解答です。

本書が、そのことを理解していただくために少しでも手助けになれば幸いです。

あとがき

私は、茨城大学人文学部、日本女子大学文学部、学習院大学文学部と、これまで合計十三年間教員としてつとめましたが、その時々の講義を聴いてくれた学生たちのおかげで、この本の〈古典文学における共同性と個性〉というテーマを熟成させていくことができました。たくさんの教え子たちに感謝したいと思います。

なお、本書は学習院大学の二〇〇五年度「日本文学史概説II」（主に一年生を対象とする選択必修科目）での講義とほぼ同じ内容です。

昔、誰かの文章を読んでいて、学校というのは「空間」ではなくて「時間」なのだと書かれてあって、いたく感心したことがあります。ある一定期間、そのキャンパスに在籍し、楽しく勉強したり遊んだりしたという記憶は、その人がそこから去った後も、その人の（そしてその人の友人や私の）脳裏に思い出として残り続けるでしょう。私自身、小学校から大学まで過ごした学校の校舎はほとんど建て替えられていますが、思い出すのは昔の校舎での先生や同級生とのやりとりです。かりに校舎が残っていたとしても、すでにあの時の先生や同級生はそこにはいません。そういう意味でも、学校は「時間」であるわけです。

このことをもっと広い意味で一般化して言い換えると、ある記憶や思い出を共有することによって、人と人がつながっている、ということになります。

そのような共有の感覚を、さらに長い時間をかけて熟成させたものが、本書で繰り返し述べてきた〈古典文学における共同性〉です。この共同性を獲得することで、過去との往還も自在にでき、同時代に生きているまだ見知らぬ人々とのつながりも強固なものになるはずです。そんな願いをこめて、本書を送り出したいと思います。

なお、本書では冒頭箇所を主として取り上げましたが、当然のことながら、冒頭だけが面白いわけではありません。どうか他の部分もお読み下さいますようお願いします。


講談社現代新書出版部の本橋浩子氏には多くのご配慮を賜りました。学習院の講義にまで来て下さったり、私の文章に厳しい突込みを入れていただいたり、万全のご支援を賜ったおかげで、なんとか上梓にまで漕ぎ着けることができました。心から感謝申し上げます。また、本橋氏と知り合う機会を作って下さった児玉竜一氏にも感謝申し上げます。

さらに、校正を手伝ってくれた妻宏子にも感謝したいと思います。

二〇〇六年三月

鈴木健一

講談社現代新書　1841

知《し》ってる古文《こぶん》の知《し》らない魅力《みりょく》

二〇〇六年五月二〇日第一刷発行　二〇一三年六月一三日第七刷発行

著　者　鈴木健一《すずきけんいち》
© Kenichi Suzuki 2006

発行者　鈴木章一
発行所　株式会社講談社
東京都文京区音羽二丁目一二―二一　郵便番号一一二―八〇〇一
電　話　〇三―五三九五―三五二一　編集（現代新書）
〇三―五三九五―四四一五　販売
〇三―五三九五―三六一五　業務
装幀者　中島英樹
印刷所　凸版印刷株式会社
製本所　株式会社国宝社
定価はカバーに表示してあります　Printed in Japan

本書のコピー、スキャン、デジタル化等の無断複製は著作権法上での例外を除き禁じられています。本書を代行業者等の第三者に依頼してスキャンやデジタル化することはたとえ個人や家庭内の利用でも著作権法違反です。Ⓡ〈日本複製権センター委託出版物〉

複写を希望される場合は、日本複製権センター（〇三―六八〇九―一二八一）にご連絡ください。

落丁本・乱丁本は購入書店名を明記のうえ、小社業務あてにお送りください。

送料小社負担にてお取り替えいたします。

なお、この本についてのお問い合わせは、「現代新書」あてにお願いいたします。

N.D.C.910　188p　18cm
ISBN4-06-149841-X

「講談社現代新書」の刊行にあたって

教養は万人が身をもって養い創造すべきものであって、一部の専門家の占有物として、ただ一方的に人々の手もとに配布され伝達されうるものではありません。

しかし、不幸にしてわが国の現状では、教養の重要な養いとなるべき書物は、ほとんど講壇からの天下りや単なる解説に終始し、知識技術を真剣に希求する青少年・学生・一般民衆の根本的な疑問や興味は、けっして十分に答えられ、解きほぐされ、手引きされることがありません。万人の内奥から発した真正の教養への芽ばえが、こうして放置され、むなしく滅びさる運命にゆだねられているのです。

このことは、中・高校だけで教育をおわる人々の成長をはばんでいるだけでなく、大学に進んだり、インテリと目されたりする人々の精神力の健康さえもむしばみ、わが国の文化の実質をまことに脆弱なものにしています。単なる博識以上の根強い思索力・判断力、および確かな技術にささえられた教養を必要とする日本の将来にとって、これは真剣に憂慮されなければならない事態であるといわなければなりません。

わたしたちの「講談社現代新書」は、この事態の克服を意図して計画されたものです。これによってわたしたちは、講壇からの天下りでもなく、単なる解説書でもない、もっぱら万人の魂に生ずる初発的かつ根本的な問題をとらえ、掘り起こし、手引きし、しかも最新の知識への展望を万人に確立させる書物を、新しく世の中に送り出したいと念願しています。

わたしたちは、創業以来民衆を対象とする啓蒙の仕事に専心してきた講談社にとって、これこそもっともふさわしい課題であり、伝統ある出版社としての義務でもあると考えているのです。

一九六四年四月　野間省一

文学

2 光源氏の一生――池田弥三郎
180 美しい日本の私――川端康成 サイデンステッカー
1026 漢詩の名句・名吟――村上哲見
1208 王朝貴族物語――山口博
1501 アメリカ文学のレッスン――柴田元幸
1667 悪女入門――鹿島茂
1708 きむら式 童話のつくり方――木村裕一
1743 漱石と三人の読者――石原千秋
1841 知ってる古文の知らない魅力――鈴木健一
2029 決定版 一億人の俳句入門 長谷川櫂
2071 村上春樹を読みつくす 小山鉄郎
2209 今を生きるための現代詩 渡邊十絲子
2323 作家という病――校條剛
2356 ニッポンの文学――佐々木敦
2364 我が詩的自伝――吉増剛造

日本語・日本文化

105 タテ社会の人間関係 中根千枝
293 日本人の意識構造――会田雄次
444 出雲神話――松前健
1193 漢字の字源――阿辻哲次
1200 外国語としての日本語――佐々木瑞枝
1239 武士道とエロス――氏家幹人
1262 「世間」とは何か――阿部謹也
1432 江戸の性風俗――氏家幹人
1448 日本人のしつけは衰退したか――広田照幸
1738 大人のための文章教室 清水義範
1943 なぜ日本人は学ばなくなったのか――齋藤孝
1960 女装と日本人――三橋順子
2006 「空気」と「世間」――鴻上尚史
2013 日本語という外国語 荒川洋平
2067 日本料理の贅沢――神田裕行
2092 新書 沖縄読本――下川裕治 仲村清司 著・編
2127 ラーメンと愛国――速水健朗
2173 日本人のための日本語文法入門――原沢伊都夫
2200 漢字雑談――高島俊男
2233 ユーミンの罪――酒井順子
2304 アイヌ学入門――瀬川拓郎
2309 クール・ジャパン!? 鴻上尚史
2391 げんきな日本論――橋爪大三郎 大澤真幸
2419 京都のおねだん――大野裕之
2440 山本七平の思想――東谷暁